Orlando Syrg Taschenbuch 102023

OR
SY
TA

AF187125

RAT ACBO

Reihe

Alte Tradition

Azurcelesteblueoscuro

herausgegeben

von

Joerg K. Sommermeyer & Orlando Syrg

Exemplarische Werke der Weltliteratur

herausgegeben von

Joerg K. Sommermeyer

Über dieses Buch

Einsamkeit, Bitternis, Verlassenheit, Leid, Indolenz des Milieus, kaputte Beziehungen, Pseudoidealismus, elende Liebe, Lebensangst, existenzielle Langeweile, banale Konversation innerhalb öder Konventionen, Erschöpfung, aussichtslose Fluchten; sinnfremd, sinnlos, ausweglos, fruchtlos!

Nach den Meistererzählungen (Orlando Syrg Taschenbuch, OrSyTa 12021) sowie zwei seiner berühmten Meisterdramen: *Die Möwe* und *Onkel Wanja* (Orlando Syrg Taschenbuch, OrSyTa 92023) beschließen diese Auswahledition der Werke Anton Tschechows seine späten Schauspiele: *Drei Schwestern* und *Der Kirschgarten*; Spitzenwerke der Weltliteratur, nach wie vor mitreißend und uneingeschränkt aktuell.

Der Autor

Anton Pawlowitsch Tschechow, geb. am 29. Januar 1860 in Taganrog (Russland). Novellist und Dramatiker. Vater Kaufmann. Gymnasium Taganrog, 1879-1884 Studium der Medizin in Moskau. 1884 Ausbruch einer Lungenkrankheit. Kurzzeitige Ausübung des Arztberufs, danach vorwiegend literarische Tätigkeit. Zunächst Humoresken und Anekdoten für Zeitungen und Zeitschriften, später viele ernste und tragische Erzählungen sowie Kurzgeschichten. 1890 Reise zur Strafkolonie auf der Insel Sachalin. 1892-1897 auf seinem Landgut Melichovo bei Moskau, seit 1898 vorwiegend in Jalta auf der Krim. Reisen nach Westeuropa. Die Möwe, 1895. Onkel Wanja, 1896. Drei Schwestern, 1901. Heirat mit der Schauspielerin Olga Knipper. Der Kirschgarten, 1903. Tschechow stirbt am 15. Juli 1904 im Kurort Badenweiler (Markgräflerland; 30 km südlich von Freiburg).

Der Übersetzer

August Scholz (Pseudonym Thomas Schäfer), geb. am 27. September 1857, Imielin - gest. am 8. Oktober 1923, Berlin. Studierte zunächst Jura, wechselte dann zur nordischen und slawischen Philologie. Übersetzte bewundernswert zahlreiche Werke von Tolstoi, Dostojewski, Gorki, Tschechow, Gontscharow, Ryleev, Gogol, Kolzow, Andrejew und Björnson.

Der Herausgeber

Joerg K. Sommermeyer (JS), geb. am 14.10.1947 in Brackenheim, Sohn des Physikers Kurt Hans Sommermeyer (1906-1969). Kindheit in Freiburg. Studierte Jura, Philosophie, Germanistik, Geschichte und Musikwissenschaft. Klassische Gitarre bei Viktor v. Hasselmann und Anton Stingl. Unterrichtete in den späten Sechzigern Gitarre am Kindergärtnerinnen- / Jugendleiterinnenseminar und in den Achtzigern Rechtsanwaltsgehilfinnen in spe an der Max-Weber-Schule in Freiburg. 1976 bis 2004 Rechtsanwalt in Freiburg. Zahlreiche Veröffentlichungen. JS (Joerg Sommermeyer) lebt in Berlin und Lahnstein.

Orlando Syrg, Berlin, 29. September 2023

Joerg K. Sommermeyer (Hg.)

Anton Tschechows

Ausgewählte Prosa III

Späte Schauspiele

Drei Schwestern, Der Kirschgarten

Nach den Übersetzungen von August Scholz
Ausgewählt, durchgesehen, revidiert und herausgegeben

von

Joerg K. Sommermeyer

Orlando Syrg

MMXXIII

1. Auflage 2023

Orlando Syrg, Berlin und Lahnstein

(vormals Freiburg i. Brsg.)

Orlando Syrg Taschenbuch

ORSYTA 102023

Reihe Alte Tradition Azurcelesteblueoscuro

RAT ACBO 43

Nach den Übersetzungen von August Scholz
Auswahl, Durchsicht, Revision und Herausgabe:
Joerg K. Sommermeyer

Umschlaggestaltung (unter Verwendung eines Porträts Anton Tschechows von Valentin Serov, 1902, auf der Vorderseite): JS

Lektorat, Satz und Layout: Fritz Pernicke, JS, Hans Ohnson, Leon Alt, Gabi Michaelis, Florian Böttcher, Vera Wintherklayn, Willi Schmeißer, Georg Stefano, Isabella Willenberg, Ulf Sömmering

Herstellung und Verlag: BoD – Books on Demand, Norderstedt

Made in Germany

ISBN 9783748147374

Inhalt

Alles in allem:
Nur eine Träne
Am Abgrund
Vor der Traufe
Des Himmels.

JS, Lahnstein, 27.09.2023

Drei Schwestern

(1901)

Personen

Andrej Sergejewitsch Prosorow.

Olga,
Mascha,
Irina; seine Schwestern.

Fjodor Iljitsch Kulygin, Maschas Gatte.

Natascha, Andrejs Braut, später seine Gattin.

Alexander Ignatjewitsch Werschinin, Oberstleutnant und Batteriechef.

Iwan Romanowitsch Tschebutykin, Militärarzt.

Baron Tusenbach,
Ssoljony,
Rode,
Fedotik; Offiziere

Anfissa, eine alte Kinderfrau.

Ferapont, ein Kanzleidiener.

Offiziere.

Dienerschaft.

Zeit: Gegenwart. – Ort der Handlung: eine größere Garnisonstadt im Osten Russlands.

10

Erster Akt

Im Hause der Prosorows. Wohnzimmer, das durch Säulen vom Saal geschieden ist; draußen ist es heiter, sonnig. Man sieht, wie im Saal der Frühstückstisch gedeckt wird. Olga im blauen Uniformkleid einer Lehrerin am Mädchengymnasium; Mascha im schwarzen Kleid, den Hut auf den Knien, sitzt und liest in einem Buch; Irina im weißen Kleid, steht sinnend da.

OLGA: Heut vor einem Jahre ist der Vater gestorben – gerade an deinem Namenstag, Irina, am fünften Mai. Es war sehr kalt an dem Tag – es schneite sogar. Ich glaubte nicht, dass ich's überleben würde – du lagst ohnmächtig da, wie tot. Und nun ist kaum ein Jahr vergangen – und wir reden davon so gleichgültig, du hast schon dein weißes Kleid an, und dein Gesicht strahlt. *Die Uhr schlägt zwölf.* Auch damals schlug gerade die Uhr. – *Pause.* – Ich erinnere mich noch: als sie den Vater hinaustrugen, spielte die Militärkapelle, und auf dem Friedhof wurde geschossen. Merkwürdig übrigens – er war doch General und Brigadekommandeur, und doch waren nur wenig Leute am Grab. Allerdings fiel an dem Tag ein starker Regen – Regen und Schnee ...

IRINA: Wozu die Erinnerung auffrischen!

An der Tafel im Saal erscheinen Baron Tusenbach, Tschebutykin und Ssoljony.

OLGA: Heut ist's warm, man kann die Fenster weit aufmachen – aber die Birken haben noch nicht ausgeschlagen. Genau elf Jahre ist's her, dass der Vater die Brigade bekam und wir von Moskau abreisten. Ich habe es noch ganz frisch im Gedächtnis: es war Anfang Mai, in Moskau prangte schon alles in schönster Blüte. So warm war es, alles von Sonnenschein übergossen. Du mein Gott! Wie ich heute Morgen erwachte und die hereinflutende Lichtmasse und den Frühling draußen sah – da wurde mir so wohl, ach, und so sehnsüchtig weh ums Herz.

TSCHEBUTYKIN *im Saal.* Nein, so'n Teufelskerl!

TUSENBACH: Ist natürlich alles Unsinn!

Mascha, nachdenklich über das Buch gebeugt, pfeift leise eine Melodie.

OLGA: Pfeif' nicht, Mascha. Wie kann man nur. – *Pause.* – Dieser Dienst im Gymnasium, dieses Stundengeben bis zum späten Abend verursacht mir immer Kopfschmerzen. Ich glaube wirklich, ich werde schon alt. Während der vier Jahre, seit ich angestellt bin, ist es mir immer, als ob meine Kraft Tag für Tag tropfenweise hinschwände. Und nur ein Gedanke wächst und erstarkt in mir beständig ...

IRINA: Nach Moskau zurückkehren. Das Haus verkaufen, alles hier aufgeben – und dann nach Moskau ...

OLGA: Ja – so bald wie möglich! Nach Moskau!

Tschebutykin und Tusenbach lachen.

IRINA: Unser Bruder Andrej wird wahrscheinlich bald Professor werden – denn der darf doch auf keinen Fall hier versauern! Bleibt nur die arme Mascha übrig.

OLGA: Mascha kommt jedes Jahr zu uns nach Moskau, für den ganzen Sommer.

Mascha pfeift leise eine Melodie.

IRINA: Mit Gottes Hilfe wird sich schon alles ordnen lassen. – *Schaut zum Fenster hinaus.* – Ein Prachtwetter ist das heute. Ich weiß nicht, warum ich so froh gestimmt bin! Heute Morgen fiel mir ein, dass mein Namenstag ist, und mit einem Mal empfand ich eine solche Freude. Ich gedachte meiner Kinderjahre, da Mama noch lebte. Was für wunderbare Gedanken gingen mir durch den Kopf – ach, was für Gedanken!

OLGA: Du strahlst heut übers ganze Gesicht, ausnahmsweise hübsch bist du. Auch Mascha ist hübsch, und Andrej wäre ein schöner Mann, wenn er nicht so stark geworden wäre. Das steht ihm gar nicht zu Gesicht. Und ich – ich bin alt geworden, und so abgemagert bin ich, jedenfalls vom Ärger mit den Mädchen im Gymnasium. Heute bin ich mal frei und kann zu Hause bleiben – da hab' ich auch gleich keine Kopfschmerzen und fühle mich jünger als gestern. Achtundzwanzig Jahre bin ich nun alt ... Alles ist schließlich gut, alles kommt von Gott, ich glaube aber, wenn ich verheiratet wäre und den ganzen Tag in meinem Heim zubringen könnte – ich würde mich wohler fühlen. – *Pause.* – Ich würde meinen Mann lieben.

TUSENBACH zu Ssoljony: Sie reden einen Unsinn zusammen – 's wird einem über, Ihnen zuzuhören. – *Tritt in das Wohnzimmer ein.* – Ich habe ja ganz vergessen, unser Batteriechef Werschinin wird Ihnen heute seine Visite machen.

Setzt sich ans Klavier.

OLGA: Ah – sehr angenehm!

IRINA: Ist er alt?

TUSENBACH: Nein, in den besten Jahren. Höchstens vierzig, fünfundvierzig Jahre. – *Klimpert leise.* – Scheint ein famoser Kerl. Nicht dumm – das ist sicher. Nur spricht er etwas viel.

IRINA: Ist er interessant?

TUSENBACH: Es macht sich. Etwas stark verheiratet ist er: Frau, Schwiegermutter und zwei Töchter. Übrigens ist es schon seine zweite Frau. Überall, wo er Besuch macht, erzählt er, dass er eine Frau und zwei Töchter hat. Auch hier wird er's erzählen. Die Frau ist halb verrückt, trägt einen langen Zopf wie ein Mädchen, spricht lauter hochtrabendes Zeug, philosophiert und macht jeden Augenblick einen Selbstmordversuch, jedenfalls, um ihren Mann zu ärgern. Ich wäre längst fortgelaufen von einer solchen Frau Gemahlin, er aber trägt es und beklagt sich nur darüber.

SSOLJONY tritt mit Tschebutykin aus dem Saal ins Wohnzimmer: Mit einer Hand heb' ich nur anderthalb Pud, mit zweien dagegen fünf, ja sogar sechs Pud. Daraus schließe ich, dass zwei Menschen nicht nur doppelt, sondern dreimal so stark sind als einer oder vielleicht noch stärker ...

TSCHEBUTYKIN liest im Gehen die Zeitung »Swjet«: Gegen Ausfallen der Haare ... zwei Drittel Lot Naphthalin auf ein halbes Quart Spiritus ... aufzulösen und täglich zu gebrauchen ... – *Macht sich Notizen in ein Taschenbuch; zu Ssoljony.* – Ich sag' Ihnen also, das Fläschchen wird gut zugekorkt, und durch den Korken wird ein Glasröhrchen gesteckt ... und dann nehmen Sie ein kleines Quantum   ganz gewöhnlichen Alaun ...

IRINA: Iwan Romanytsch! Lieber Iwan Romanytsch!

TSCHEBUTYKIN: Was denn, mein liebes, gutes Herzchen?

IRINA: Sagen Sie mal – warum bin ich heute so glücklich? Als wenn ich auf dem Meer dahinsegelte: über mir dehnt sich der weite blaue Himmel, und große weiße Vögel schweben durch die Lüfte. Warum ist das nur so? Warum?

TSCHEBUTYKIN küsst ihr zärtlich beide Hände: Mein weißer Vogel!

IRINA: Wie ich heute früh aufstand und mich wusch, da war es mir mit einem Mal, als wäre mir alles auf dieser Welt hier klar, als wüsste ich, wie man leben soll. Ich weiß jetzt alles, lieber Iwan Romanytsch. Der Mensch soll sich beschäftigen, soll arbeiten im Schweiße seines Angesichts, wer er auch sei, darin allein liegt der Sinn und das Ziel seines Lebens, sein Glück, sein Triumph. Wie schön ist es doch, ein Arbeiter zu sein, der mit Tagesanbruch aufsteht und auf der Straße Steine klopft, oder ein Hirt, oder ein Lehrer, der Kinder unterrichtet, oder ein Lokomotivführer. Ja, es ist, bei Gott, besser, ein ganz gewöhnliches Lastpferd zu sein, das doch seine Arbeit tut, als eine junge Dame, die mittags um 12 Uhr aufsteht, im Bett ihren Kaffee trinkt, dann sich zwei Stunden lang anzieht ... o, wie schrecklich ist das! Ich dürste förmlich nach Arbeit – wie man bei großer Hitze nach einem Schluck Wasser dürstet. Wenn ich von jetzt ab nicht täglich ganz früh aufstehe und arbeite, dürfen Sie mir Ihre Freundschaft kündigen, Iwan Romanytsch!

TSCHEBUTYKIN zärtlich: Gewiss, gewiss werde ich sie Ihnen kündigen ...

OLGA: Der Vater hat uns daran gewöhnt, um sieben Uhr aufzustehen. Jetzt erwacht Irina wohl um sieben Uhr, liegt aber wenigstens bis neun im Bett und simuliert. Und so ein ernstes Gesicht macht sie dabei!

IRINA: Du hast dich eben daran gewöhnt, mich als kleines Mädchen zu betrachten, und wunderst dich, wenn ich ein ernstes Gesicht mache. Ich bin doch zwanzig Jahre alt!

TUSENBACH: Sehnsucht nach Arbeit! O Gott, wie kann ich dieses Gefühl begreifen! Ich habe nie im Leben gearbeitet. Ich bin in dem kalten, trägen Petersburg geboren, in einer Familie, die niemals die Arbeit oder irgendwelche Sorgen gekannt hat. Ich erinnere mich noch, wie ich aus dem Kadettenkorps nach Hause kam. Der Diener zog mir die Stiefel aus, ich quälte alle Welt mit meinen Launen, und meine Mutter sah mit förmlicher Ehrfurcht zu mir auf und war höchst erstaunt, wenn andere nicht dasselbe taten. Man suchte mich auf jede Weise vor Arbeit zu bewahren, aber auf die Dauer ist's doch nicht gelungen. – Diese Zeiten sind vorüber, und ein reinigender Sturm bereitet sich vor, der von unserer Gesellschaft die Trägheit, die Gleichgültigkeit, das Vorurteil gegen die Arbeit und die faule Langeweile hinwegblasen wird. Ich werde jedenfalls arbeiten, und in dreißig Jahren wird jeder Mensch es tun. Jeder!

TSCHEBUTYKIN: Ich werde nicht arbeiten.

TUSENBACH: Sie kommen nicht in Betracht.

SSOLJONY: In dreißig Jahren werden Sie, Gott sei Dank, nicht mehr auf der Welt sein. Sie gehen entweder in zwei, drei Jahren an Ihrem Spleen zugrunde, oder ich werde mal wütend und schieße Ihnen eine Kugel durch den Kopf.

TSCHEBUTYKIN lacht: Ich habe tatsächlich nie in meinem Leben was getan. Seit ich von der Universität fort bin, hab' ich nicht 'nen Finger gerührt, nicht ein Buch angesehen – höchstens die Zeitungen hab' ich gelesen. – *Zieht eine Nummer des »Nowoje Wremja« aus der Tasche.* – Ich weiß alles aus den Zeitungen – z. B., dass es einen Schriftsteller Dostojewski gegeben hat; aber was er geschrieben hat – davon hab' ich keine Ahnung ... Der liebe Gott mag's wissen ... Mein Lebtag hab' ich nichts getan, und doch hab' ich nie zu etwas Zeit gehabt ... – *Von der unteren Etage aus wird gegen den Fußboden geklopft.* – Da, sehen Sie, man ruft mich unten schon wieder – wahrscheinlich ist jemand zu Besuch da! Ich komme gleich wieder ... – *Eilt hastig davon, kämmt sich dabei den Bart.* –

IRINA: Er hat wieder irgendwas ausgeheckt.

TUSENBACH: Ja. Er ging mit so feierlicher Miene fort – jedenfalls wird er Ihnen gleich irgendein Präsent bringen.

IRINA: Ach ... wie unangenehm!

OLGA: Ja, es ist schrecklich. Er macht immer Dummheiten.

MASCHA: »Ein Eichbaum grünt am Meeresstrande, ein goldnes Kettlein hängt daran ... ein goldnes Kettlein hängt daran ...« – *Erhebt sich und singt leise.* –

OLGA: Du bist heut in schlechter Stimmung, Mascha!

Mascha singt leise vor sich hin, setzt sich den Hut auf.

OLGA: Wohin willst du denn?

MASCHA: Nach Hause.

IRINA: Du bist doch sonderbar!

TUSENBACH: Wie können Sie schon gehen – heut, am Namenstag!

MASCHA: Das macht doch nichts ... Ich komm' übrigens am Abend wieder. Adieu, mein schönes Schwesterchen! – *Sie küsst Irina.* – Ich wünsche dir noch einmal: bleib gesund und werde glücklich! Früher, wie Papa noch lebte, kamen immer drei-ßig, vierzig Offiziere, wenn bei uns Namenstag war, und es ging fidel zu. Heute – sind kaum anderthalb Mann da, und still ist's, wie in einer Wüste ... Ich geh' ... Bin heute nicht bei Stimmung, hab' meinen melancholischen Tag – nimm's mir nicht übel. – *Lacht unter Tränen.* – Abends wollen wir plaudern – jetzt leb' wohl, meine Liebe. Ich will fort ... irgendwohin ...

IRINA unzufrieden: Nein, du bist wirklich ...

OLGA unter Tränen: Ich verstehe dich, Mascha.

SSOLJONY: Wenn ein Mann philosophiert, kommt manchmal schon ganz nettes Zeug zum Vorschein; wenn aber eine Frau oder gar zwei Frauen philosophieren – na, da kann man nur gleich auf die Bäume klettern!

MASCHA: Was wollen Sie damit sagen, Sie ganz abscheulicher Mensch?

SSOLJONY: Nichts weiter. »Kaum hatte er noch ach! gesagt, als ihn der Bär am Halse packt.« – *Pause.* –

MASCHA *zu Olga, ärgerlich.* So flenne doch nicht!

Anfissa und Ferapont kommen mit einer Torte herein.

ANFISSA: Hier herein, mein Lieber! Geh nur 'rein, hast ja saubre Stiefel! – *Zu Irina.* – Aus dem Landschaftsamt, von Michael Iwanytsch Protopopow ... eine Pastete.

IRINA: Ach, wie liebenswürdig! Sag', ich lasse schön danken. – *Nimmt die Torte in Empfang.* –

FERAPONT: Was?

IRINA lauter: Ich lasse schön danken.

OLGA zu Anfissa: Altchen, gib ihm doch ein Stück Pastete! Geh mit, Ferapont, du bekommst Pastete!

FERAPONT: Was?

ANFISSA: Komm, Väterchen Ferapont Spiridonytsch. Komm! – *Ab mit Ferapont.* –

MASCHA: Ich kann Protopopow nicht leiden – diesen Michail Potapytsch oder Iwanytsch. Ihr hättet ihn nicht einladen sollen.

IRINA: Ich hab' ihn auch nicht eingeladen.

MASCHA: Das war recht.

Tschebutykin tritt ein, in Begleitung eines Soldaten, der einen silbernen Samowar trägt; allgemeines Erstaunen und Unzufriedenheit.

OLGA bedeckt ihr Gesicht mit den Händen: Seinen Samowar! Es ist unglaublich! – *Geht an den Tisch im Saal.* –

IRINA: Aber, liebster Iwan Romanytsch – was machen Sie denn da?

TUSENBACH lachend: Ich sagte es Ihnen ja!

MASCHA: Iwan Romanytsch, Sie besitzen einfach keine Scham.

TSCHEBUTYKIN: Meine Lieben, meine Schönen – Sie sind doch für mich das Einzige, das Teuerste, was ich auf der Welt noch habe! Ich bin nun bald sechzig, bin ein alter Mann, ein armseliger, verlassener Greis ... Nichts Gutes gibt's an mir außer dieser Liebe zu Ihnen – wenn Sie nicht wären, würde ich längst nicht mehr auf der Welt sein ... – *Sieht sich um.* – Was soll mir dieser Kram? Was soll er mir? – *Zu Irina.* – Mein liebes, gutes Kind, ich habe Sie gekannt vom Tage Ihrer Geburt an ... ich habe Sie auf meinen Armen getragen ... ich hab' Ihre verstorbene Mama so gern gehabt ...

IRINA: Aber warum denn solche kostbaren Geschenke?

TSCHEBUTYKIN ärgerlich, unter Tränen: Kostbare Geschenke ... gehn Sie mir doch weg! – *Zu dem Burschen, in den Saal zeigend.* – Trag' den Samowar dort hinein ... – *Spricht ihr spöttisch nach.* – Kostbare Geschenke ... – *Der Bursche trägt den Samowar in den Saal. Anfissa tritt in das Wohnzimmer ein.* –

ANFISSA: Meine Lieben, ein fremder Oberst ist da! Er hat schon den Paletot abgelegt, Kinderchen, und kommt gleich hier herein. – *Zu Irina.* – Sei nur recht freundlich, recht nett, Irinuschka! ... – *Ab; im Abgehen.* – 's ist auch Zeit zum Frühstücken ... o Gott ...

TUSENBACH: Jedenfalls Werschinin ...

Werschinin tritt ein.

TUSENBACH: Oberstleutnant Werschinin!

WERSCHININ zu Mascha und Irina: Habe die Ehre, mich Ihnen vorzustellen: Werschinin. Bin in der Tat sehr erfreut, dass ich Ihnen endlich meine Aufwartung machen kann. Was aus Ihnen geworden ist – ei, ei!

IRINA: Nehmen Sie gefälligst Platz. Es ist uns sehr angenehm ...

WERSCHININ: Wie ich mich freue, wie ich mich freue! Sie sind doch drei Schwestern – nicht wahr? Dreier kleiner Mädchen erinnere ich mich. Die Gesichter sind mir nicht mehr gegenwärtig, aber dass Ihr Vater, Oberst Prosorow, drei kleine Töchterchen hatte – das schwebt mir ganz deutlich vor, aus eigenster Anschauung. Wie die Zeit vergeht – ach, wie die Zeit vergeht!

TUSENBACH: Alexander Ignatjewitsch ist aus Moskau hierher gekommen.

IRINA: Ah, aus Moskau?!

WERSCHININ: Ganz recht, aus Moskau. Ihr verstorbener Papa war dort Batteriechef, und ich war Offizier in derselben Brigade. *Zu Mascha.* Ihres Gesichts kann ich mich, glaub' ich, dunkel entsinnen ...

MASCHA: Und ich kann mich Ihrer nicht mehr entsinnen.

IRINA: Olja! Olja! – *Schreit in den Saal hinein.* – Olja, so komm doch her!

Olga kommt aus dem Saal in das Wohnzimmer.

IRINA: Denk' dir nur: es hat sich bereits herausgestellt, dass Oberstleutnant Werschinin aus Moskau ist!

WERSCHININ zu Olga: Sie müssen Olga Ssergejewna sein, die Älteste ... und Sie Maria ... und Sie Irina, die Jüngste ...

OLGA: Sind Sie geborener Moskauer?

WERSCHININ: Ich habe in Moskau die Schule besucht, bin dort Soldat geworden und habe lange Jahre da gedient. Jetzt habe ich eine Batterie bekommen – und bin, wie Sie sehen, hierher versetzt worden. Persönlich erinnere ich mich Ihrer nicht mehr, nur dass Sie drei Schwestern waren, weiß ich. Ihren Vater dagegen seh' ich noch leibhaftig vor mir – ganz genau habe ich sein Bild im Gedächtnis. Ich habe in Moskau in Ihrem Hause verkehrt ...

OLGA: Wirklich? Ich glaubte doch immer, ich hätte mir alle gemerkt – und mit einem Mal ...

WERSCHININ: Man nannte mich Alexander Ignatjewitsch ...

IRINA: Alexander Ignatjewitsch ... dass Sie aus Moskau sind, ist wirklich eine angenehme Überraschung für uns!

OLGA: Wir sind nämlich auf dem Sprunge, wieder dahin zu ziehen.

IRINA: Zum Herbst denken wir schon dort zu sein. Es ist ja unsere Vaterstadt, wir sind da geboren ... In der Staraja Basmannaja ... – *Beide lachen vor Freude.* –

MASCHA: Ganz unerwartet sehen wir einen Landsmann wieder. – *Lebhaft.* – Jetzt erinnere ich mich! Weißt du noch, Olja – bei uns sagten sie immer der »verliebte Major«. Sie waren damals Leutnant und in irgendjemanden verliebt, man nannte Sie scherzweise den Major ...

WERSCHININ lacht: Ganz recht ... der »verliebte Major«, das stimmt ganz genau ...

MASCHA: Sie trugen damals nur einen Schnurrbart ... O, wie alt Sie geworden sind! – *Unter Tränen.* – Wie alt Sie geworden sind!

18

WERSCHININ: Ja, damals, als man mich den »verliebten Major« nannte, war ich noch jung und wirklich sehr verliebt. Jetzt ist's damit vorbei.

OLGA: Aber Sie haben doch noch kein einziges graues Haar! Sie sind gealtert, sind aber noch nicht alt.

WERSCHININ: Nun, ich bin doch schon im Dreiundvierzigsten. Sind Sie schon lange von Moskau fort?

OLGA: Elf Jahre. Aber warum weinst du denn, Mascha? Was ist dir? ... – *Unter Tränen.* – Sieh – auch ich fang' an zu weinen ...

MASCHA: Nichts ist mir. In welcher Straße haben Sie dort gewohnt?

WERSCHININ: In der Staraja Basmannaja. Und eine Zeitlang wohnte ich in der Deutschen Straße.

OLGA: Das liegt nicht weit ab.

WERSCHININ: Von der Deutschen Straße ging ich immer nach der roten Kaserne. Man kommt dort über eine einsame Brücke – so düster ist's da, das Wasser rauscht ... wenn man dort allein vorübergeht, wird einem ganz traurig ums Herz. – *Pause.* – Und hier haben Sie einen so prächtigen, wasserreichen Strom! Ein wunderbarer Strom!

OLGA: Ja, aber es ist kalt hier. Kalt ist's ... und dann haben wir die Mückenplage ...
WERSCHININ: Ich bitte Sie! Hier ist ein so gesundes, treffliches, echt slawisches Klima. Der Strom, der Wald ... auch Birken haben Sie hier, die lieben, bescheidenen Birken, die ich mehr liebe als alle andern Bäume. Hier muss es sich wirklich gut leben. Nur eins ist sonderbar, dass der Bahnhof zwanzig Werst von der Stadt entfernt ist ... Und kein Mensch weiß, warum das so ist ...

SSOLJONY: Ich weiß, warum das so ist. – *Alle sehen nach ihm hin.* – Wenn er näher läge, wär' er nicht so weit, und weil er so weit ist, darum liegt er eben nicht nahe. – *Peinliches Schweigen.* –

TUSENBACH: Sie sind ein Spaßvogel, Wassili Wassiljewitsch.

OLGA zu Werschinin: Jetzt besinn' auch ich mich auf Sie, ganz deutlich.

WERSCHININ: Ich habe Ihre Mutter gekannt.

TSCHEBUTYKIN: Eine schöne Frau war's, Gott habe sie selig ...

IRINA: Mama ist in Moskau begraben.

OLGA: Auf dem neuen Marien-Friedhof ...

MASCHA: Denken Sie nur, ich fange schon an, ihr Gesicht zu vergessen! So wird's auch uns mal ergehen – man wird uns vergessen.

WERSCHININ: Ja, man wird uns vergessen. Das ist nun so unser Schicksal, dagegen lässt sich nichts tun. Was uns jetzt wichtig und bedeutungsvoll vorkommt, wird mit der Zeit vergessen werden oder uns unwichtig erscheinen. – *Pause.* – Und es ist interessant, dass wir jetzt gar nicht sagen können, was eigentlich später einmal als wichtig und bedeutungsvoll und was als unbedeutend und lächerlich gelten wird. Hat man nicht die Idee des Kopernikus oder die Pläne des Kolumbus in der ersten Zeit albern und lächerlich gefunden, während irgendein läppischer Unsinn als Wahrheit galt? Und ebenso ist's möglich, dass unsere heutigen Zustände, mit denen wir so zufrieden sind, späteren Geschlechtern höchst seltsam, unvernünftig, unlauter, vielleicht sogar sündhaft erscheinen werden ...

TUSENBACH: Wer kann's wissen? Vielleicht wird man unsere Zeit einmal sogar eine große Zeit nennen und ihr Anerkennung zollen. Wir haben keine Folter mehr, keine Todesstrafe, keine Einfälle wilder Völker. Bei alledem haben wir freilich noch Elend genug.
SSOLJONY mit feiner Stimme: Zip, zip, zip ... Unser Baron macht sich nichts aus Grütze – der wird schon vom Philosophieren satt!

TUSENBACH: Wassili Wassilitsch, ich bitte Sie – lassen Sie mich in Ruhe ... – *Setzt sich auf einen andern Platz.* – Das wird auf die Dauer langweilig.

SSOLJONY mit feiner Stimme: Zip, zip, zip ...

TUSENBACH zu Werschinin: Es gibt so viele Leiden, unter denen die Menschen heute seufzen – und doch heißt es, dass unsere gesellschaftlichen Zustände in sittlicher Beziehung entschieden fortgeschritten sind.

WERSCHININ: Gewiss, gewiss ... allerdings.

TSCHEBUTYKIN: Sie sagten eben, Baron, man werde unsere Zeit mal eine große Zeit nennen; darum bleiben die Menschen aber doch klein! ... – *Erhebt sich von seinem Platz* – Sehen Sie, was für ein kleiner Kerl ich zum Beispiel bin! Na, wenigstens hab' ich jetzt einen Trost: bin ich klein, so ist meine Zeit doch groß.

Hinter der Szene Geigenspiel.

MASCHA: Das ist unser Bruder Andrej ...

IRINA: Er hat studiert und wird jedenfalls Professor werden. Der Vater war Soldat – der Sohn hat die wissenschaftliche Laufbahn eingeschlagen.

MASCHA: Es war Papas Wunsch.

OLGA: Wir haben ihn heute ein bisschen geärgert. Er scheint nämlich verliebt ...

IRINA: In eine hiesige junge Dame. Sie wird heute wohl bei uns sein ...

MASCHA: Sie kleidet sich ganz entsetzlich. Als Moskauer werden Sie mich begreifen: ich kann es nicht ansehen, wie sie sich hier tragen; sie beleidigen mich geradezu, diese hiesigen Modedamen. Nicht bloß geschmacklos und unmodern – nein, einfach kläglich kleiden sie sich. Diese sonderbaren grellen, gelben Röcke, mit den abgeschmackten Fransen dran, und dazu die knallroten Jäckchen. Und die Backen so glatt abgeseift, so glänzend! Andrej ist gar nicht verliebt – ich kann's nicht glauben, er hat doch Geschmack. Er spaßt nur mit uns, will uns ärgern. Ich hörte übrigens gestern, dass sie Herrn Protopopow heiratet, den Vorsitzenden des hiesigen Landschaftsamts. Das wäre nett ... – *Ruft nach der Seitentür hin.* – Andrej, komm doch her! Nur auf einen Augenblick!

Andrej kommt herein.

OLGA stellt vor: Mein Bruder, Andrej Ssergejewitsch.

WERSCHININ: Werschinin ...

ANDREJ: Prosorow ... – *Wischt sich den Schweiß von der Stirn.* – Sie sind als Batteriechef zu uns versetzt?

OLGA: Denk' dir, Alexander Ignatjewitsch kommt aus Moskau!

ANDREJ: Ach! Da gratulier' ich Ihnen – meine lieben Schwestern werden Ihnen schön zusetzen!

WERSCHININ: Ihre Schwestern sind meiner schon überdrüssig.

IRINA: Sehen Sie doch, was für einen hübschen Porträtrahmen mir Andrej heute geschenkt hat! – *Zeigt den Rahmen.* – Er hat ihn selbst gemacht.

WERSCHININ betrachtet den Rahmen und weiß nicht, was er sagen soll: Ja ... sehr nett ...

IRINA: Auch den Rahmen dort über dem Piano hat er verfertigt.

Andrej macht eine abweisende Handbewegung und geht auf die Seite.

OLGA: Er ist nicht nur unser kleiner Gelehrter, sondern spielt auch die Geige und macht allerhand hübsche Sägearbeiten – mit einem Wort: ein Meister in allen Künsten. Andrej, so bleib doch da! Er hat nämlich die Gewohnheit, immer wegzulaufen, wenn Gesellschaft da ist. Komm doch her! – *Mascha und Irina fassen ihn unter die Arme und führen ihn lachend zurück.* –

MASCHA: Komm, komm!

ANDREJ: Lasst mich, bitte!

MASCHA: Wie komisch du doch bist! Alexander Ignatjewitsch wurde früher immer der »verliebte Major« genannt, und er hat sich gar nicht darüber geärgert.

WERSCHININ: Nicht im Geringsten!

MASCHA: Und dich will ich jetzt immer den »verliebten Geiger« nennen!

IRINA: Oder den »verliebten Professor« ...

OLGA: Er ist verliebt! Unser Andrjuscha ist verliebt!

IRINA: Bravo, bravo! Dakapo! Andrjuscha ist verliebt!

TSCHEBUTYKIN tritt von hinten an Andrej heran und umfasst mit beiden Armen seine Taille: »Zur Lieb' allein, zur Lieb' allein hat uns Natur geschaffen!« – *Lacht, setzt sich und liest in einer Zeitung, die er aus der Tasche gezogen hat.* –

ANDREJ Na, genug, genug ... – *Trocknet sich die Stirn.* – Ich habe die ganze Nacht nicht geschlafen und bin nicht recht auf dem Posten. Bis vier Uhr hab' ich gelesen, dann hab' ich mich hingelegt, aber es war nichts mehr mit dem Schlafen. Hab' über dies und das gegrübelt – und mit einem Mal ist's hell, die Sonne dringt mit Gewalt ins Schlafzimmer. Gegen zwei Uhr schon beginnt's zu dämmern ... Ich will jetzt im Sommer, solange ich hier bin, ein englisches Buch übersetzen ...

WERSCHININ: Lesen Sie englisch?

ANDREJ Ja. Mein Vater, Gott hab' ihn selig, hat uns gehörig mit Bildung vollgepfropft. Das war sehr überflüssig und lächerlich – aber es liegt schließlich kein Grund vor, es zu verschweigen. Nach seinem Tode begann ich dick zu werden, als ob mein Körper plötzlich von einem schweren Druck befreit worden wäre. Dank unserm Papa können wir alle Französisch, Deutsch und Englisch, und Irina kann außerdem noch Italienisch. Aber was für Mühe hat das gekostet!

MASCHA: In diesem Nest hier ist's ein sehr überflüssiger Luxus, drei fremde Sprachen zu können. Oder nicht einmal Luxus – einfach ein überflüssiges Anhängsel ist's, wie wenn man einen sechsten Finger hat. Wir wissen sehr viel überflüssiges Zeug.

WERSCHININ: Wie können Sie das sagen? Erstens besitzt doch kaum ein Mensch einen so klaren und scharfen Blick, um das Überflüssige ohne weiteres vom unbedingt Notwendigen zu unterscheiden. Und zweitens ist nach meiner Meinung kein Ort so langweilig und trostlos, dass ein verständiger, gebildeter Mensch darin nicht an seinem Platze wäre. Angenommen, es gibt unter den hunderttausend Menschen, die diese zweifellos sehr zurückgebliebene Stadt bewohnen, nur drei solche Menschen wie Sie sind. Selbstverständlich wird es Ihnen nicht gelingen, die dunklen Massen, die Sie umgeben, siegreich zum Licht emporzuführen; Sie werden im Laufe der Zeit Konzessionen machen müssen, werden sich in der hunderttausendköpfigen Menge verlieren, werden es sich gefallen lassen müssen, dass das Leben Ihnen über den Kopf wächst; und doch werden Sie nicht spurlos verschwinden, nicht ohne Einfluss bleiben. Es werden sich nach Ihnen mehr solche Leute finden, wie Sie sind – zuerst vielleicht sechs, dann zwölf, und so fort, bis schließlich die Menschen Ihres Schlages in der Mehrzahl sind. In zwei-, dreihundert Jahren wird das Leben auf der Erde unvergleichlich schöner und herrlicher sein. Der Mensch hat ein Bedürfnis nach einem solchen Leben, und wenn es bisher noch nicht verwirklicht ist, dann soll er es wenigstens voraussahnen, soll es ersehnen, soll von ihm träumen und sich darauf vorbereiten, und darum muss er mehr sehen und mehr wissen, als sein Großvater und sein Vater gesehen und gewusst haben. – *Lacht.* – Und Sie beklagen sich darüber, dass Sie so viel Überflüssiges wissen!

MASCHA nimmt ihren Hut ab: Ich bleibe zum Frühstück.

IRINA mit einem Seufzer: Man hätte das in der Tat alles niederschreiben sollen ...

Andrej hat sich unbemerkt aus dem Zimmer entfernt.

TUSENBACH: Nach soundso viel Jahren, sagen Sie, wird das Leben auf der Erde schöner und herrlicher sein. Aber um jetzt daran teilzunehmen, sei es auch nur aus der Ferne, muss man sich darauf vorbereiten, muss man arbeiten ...

WERSCHININ erhebt sich: Ja. Aber wie viel Blumen Sie haben! – *Schaut um sich.* – Und was für eine prächtige Wohnung! Ich beneide Sie. Ich hab' mich mein Leben lang in kleinen, elenden Buden herumgedrückt, mit zwei Stühlen, einem Diwan und einem Ofen, der ewig rauchte. Zu solchen Blumen hat es bei mir nie im Leben gereicht ... – *Reibt sich die Hände.* – Äh! Na, 's ist mal nicht zu ändern.

TUSENBACH: Ja, man muss arbeiten. Sie denken vielleicht im Stillen: Seht doch den gefühlvollen Deutschen! Aber ich bin, auf Ehre, ein Russe und spreche noch nicht mal deutsch. Mein Vater gehört der orthodoxen Kirche an ... – *Pause.* –

WERSCHININ schreitet im Zimmer auf und ab: Ich denke oft bei mir: wie, wenn man so das Leben noch einmal, und zwar bewusst, von vorn beginnen könnte? Wenn das erste Leben, das wir schon durchlebt haben, sozusagen das Konzept und das zweite die Reinschrift davon wäre? Dann würde doch jeder von uns bemüht sein, sich dieses zweite Leben angenehmer einzurichten, statt einfach das erste Leben zu kopieren! Er würde alles behaglicher haben wollen, mit Blumen, mit reichlichem Licht ... Ich habe eine Frau und zwei Töchterchen, meine Frau ist kränklich und so weiter und so weiter – wenn ich mein Leben von vorn beginnen könnte, würde ich jedenfalls nicht heiraten ... Um keinen Preis!

Kulygin tritt ein, im Uniformfrack.

KULYGIN tritt an Irina heran: Teure Schwägerin, gestatte mir, dass ich dir zu deinem Namenstage gratuliere und dir von Herzen Gesundheit wünsche, nebst allem, was man sonst noch einem jungen Mädchen in deinen Jahren wünschen kann. Als Geschenk nimm dieses Büchlein von mir entgegen. – *Reicht ihr ein Buch.* – Es ist die Geschichte unseres Gymnasiums während der letzten fünfzig Jahre, von mir selbst verfasst. Ein unbedeutendes Schriftchen, das ich lediglich schrieb, um mir die Zeit zu vertreiben – aber lies es gleichwohl! Gehorsamster Diener, meine Herren! – *Zu Werschinin.* – Kulygin, Lehrer am hiesigen Gymnasium, Hofrat. – *Zu Irina.* – In diesem Büchlein wirst du ein Verzeichnis aller derjenigen finden, die innerhalb der letzten fünfzig Jahre unser Gymnasium mit Erfolg absolviert haben. *Feci, quod potui, faciant, meliora potentes.* – *Küsst Mascha.* –

IRINA: Aber dieses Büchlein hast du mir ja schon zu Ostern verehrt!

KULYGIN lacht: Wirklich? In diesem Falle gib es mir zurück, oder noch besser: gib es dem Oberst! Nehmen Sie es, bitte, Herr Oberst. Vielleicht lesen Sie es gelegentlich mal aus Langeweile.

WERSCHININ: Danke bestens. – *Will gehen.* – Sehr erfreut, Ihre Bekanntschaft gemacht zu haben ...

OLGA: Sie wollen gehen? Nein, nein!

IRINA: Bleiben Sie doch zum Frühstück ...

OLGA: Ich bitte recht sehr!

WERSCHININ *verneigt sich:* Es scheint, dass Sie einen Namenstag feiern. Entschuldigen Sie, dass ich nicht gratuliert habe – ich hatte keine Ahnung ... – *Geht mit Olga nach dem Saal.* –

KULYGIN: Heut ist der Tag des Herrn, meine Herrschaften – der Tag des Friedens. Wir werden ausruhen, werden fröhlich sein, jeder seinem Alter und seiner Stellung gemäß. Bald wird man die Teppiche aufnehmen und für den Winter konservieren ... Persisches Insektenpulver muss man anwenden oder Naphthalin ... Die Römer waren ein so gesundes Volk, weil sie es verstanden, ihre Zeit in richtigem Verhältnis zwischen Arbeit und Vergnügen zu teilen. Ihr Grundsatz war: *Mens sana in corpore sano.* Ihr Leben floss in bestimmten Formen dahin. Überall im Leben ist die Form die Hauptsache, sagt unser Direktor. Was seine Form verliert, das stirbt ab – in der Natur wie in unserem täglichen Leben. – *Fasst Mascha um die Taille und lacht.* – Mascha liebt mich. Meine Gattin liebt mich ... Auch die Portieren müssen für den Sommer verwahrt werden, zusammen mit den Teppichen ... Ich bin heut in so ausgezeichneter Stimmung. Mascha, um vier Uhr sind wir heute beim Direktor – es wird ein Ausflug des Kollegiums geplant, mit Angehörigen.

MASCHA: Ich geh' nicht.

KULYGIN *beleidigt:* Warum nicht, meine liebe Mascha?

MASCHA: Später davon ... – *Ärgerlich.* – Gut, ich werde gehen, nur lass mich jetzt damit in Ruhe ... – *Geht auf die Seite.* –

KULYGIN: Den Abend bringen wir beim Direktor zu. Trotz seines kränklichen Zustandes sucht dieser Mann vor allem die Geselligkeit zu pflegen. Eine ganz ausgezeichnete, lichtvolle Persönlichkeit. Ein großartiger Mensch. Gestern nach der Konferenz sagte er zu mir: »Ich bin müde, Fjodor Iljitsch, ich bin müde!« – *Sieht nach der Wanduhr, dann nach seiner Taschenuhr.* – Eure Uhr geht um sieben Minuten zu früh. »Ja«, sagte er, »ich bin müde!« – *Hinter der Szene Geigenspiel.* –

OLGA: Herrschaften, bitte zum Frühstück! Die Pastete wird aufgetragen!

KULYGIN: Ach, meine liebe, gute Olga! Ich habe gestern vom Morgen bis elf Uhr abends gearbeitet, ich war furchtbar müde – und heut fühle ich mich so glücklich. – *Geht nach der Tafel im Saal.* – Meine liebe, gute ...

TSCHEBUTYKIN *steckt die Zeitung in die Tasche, kämmt sich den Bart:* Pastete? Das ist ja großartig!

MASCHA *zu Tschebutykin, streng:* Dass Sie nur heut' nichts trinken, hören Sie? Es schadet Ihnen.

TSCHEBUTYKIN: Ei sieh doch. Nein, das gibt's bei uns nicht mehr. Seit zwei Jahren war ich nicht mehr bekneipt.

MASCHA: Nehmen Sie sich jedenfalls in acht. – *Ärgerlich, doch so, dass ihr Gatte es nicht hört.* – Schon wieder soll ich mich bei diesem Direktor langweilen ... den ganzen Abend! Der Teufel mag das holen!

TUSENBACH: Ich würde an Ihrer Stelle nicht hingehen ...

TSCHEBUTYKIN: Gehen Sie nicht hin!

MASCHA: Ja, das sagen Sie so ... Ein verdammtes Leben ... einfach unerträglich ...

TSCHEBUTYKIN geht auf sie zu, beschwichtigend: Nun, nun!

SSOLJONY während er in den Saal geht: Zip, zip, zip ...

TUSENBACH: Hören Sie endlich auf, Wassili Wassilitsch. Es ist genug!

SSOLJONY: Zip, zip, zip ...

KULYGIN heiter: Ihre Gesundheit, Oberst! Ich bin Pädagoge, gehöre hier zur Familie ... bin Maschas Gatte. Sie ist ein gutes, sehr gutes Wesen ...

WERSCHININ: Ich werde von dem dunklen Likör da trinken ... – *Er trinkt.* – Auf Ihre Gesundheit ... – *Zu Olga.* – Ich fühle mich so wohl hier bei Ihnen! ...

Im Wohnzimmer sind nur noch Irina und Tusenbach zurückgeblieben.

IRINA: Mascha ist heute in schlechter Stimmung. Sie hat mit siebzehn Jahren geheiratet, und damals erschien ihr Mann ihr als der verständigste Mensch auf der Welt. Jetzt sieht sie sich enttäuscht: ein guter Kerl ist er wohl, aber sein Verstand ist nicht weit her.

OLGA ungeduldig: Andrej, so komm doch endlich!

ANDREJ hinter der Szene: Ich komme gleich. – *Geht durch das Wohnzimmer nach dem Saal.* –

TUSENBACH zu Irina: Worüber denken Sie nach?

IRINA: Ich? An Ihren Kameraden Ssoljony dachte ich eben. Er gefällt mir gar nicht, und ich fürchte ihn. Er redet lauter Unsinn.

TUSENBACH: Er ist ein sonderbarer Mensch. Mir tut er leid, und andererseits ärgere ich mich über ihn; aber das Mitleid ist stärker. Ich halte ihn für schüchtern. Wenn wir zu zweien zusammen sind, ist er sehr vernünftig und nett, in Gesellschaft aber benimmt er sich ungeschliffen, wie ein richtiger Raufbold ... Gehen Sie noch nicht, mögen sich die andern erst zu Tisch setzen. Lassen Sie mich hier bei Ihnen bleiben. Woran denken Sie? – *Pause.* – Sie sind zwanzig Jahre alt, ich noch nicht dreißig. Wie viel Jahre liegen noch vor uns – welch eine lange Reihe von Tagen, und alle erfüllt von meiner Liebe zu Ihnen ...

IRINA: Reden Sie mir nicht von Liebe, Nikolaj Lwowitsch!

TUSENBACH ohne auf sie zu hören: Mich beseelt ein heißer Durst nach Leben, nach Kampf, nach Arbeit, und dieses Gefühl ist in meiner Seele mit der Liebe zu Ihnen, Irina, verschmolzen – zu Ihnen, die Sie so schön sind! Und schön – o, so schön erscheint mir auch das Leben ... Woran denken Sie?

IRINA: Sie sagen, das Leben erscheine Ihnen schön –   ja, wenn's einem nur so erscheint! Uns drei Schwestern hat es sich noch nicht von seiner schönen Seite gezeigt, es hat uns ersticken lassen im wuchernden Unkraut ... – *Fährt rasch mit der Hand über ihr Gesicht, lächelnd.* – Tränen ... die sind überflüssig. Nur Arbeit, Arbeit tut not. Wir sind nur darum so missvergnügt, sehen nur darum das Leben so düster an, weil wir die Arbeit nicht kennen. Wir stammen von Leuten ab, die die Arbeit verachtet haben ...

Natascha tritt ein; sie trägt ein rosa Kleid mit grünem Gürtel.

NATASCHA: Ich habe mich verspätet ... Sie setzen sich schon zum Frühstück! – *Guckt flüchtig in den Spiegel, glättet ihr Haar.* – Die Frisur ist nicht übel ... – *Erblickt Irina.* – Liebe Irina Ssergejewna, ich gratuliere Ihnen herzlich. – *Küsst sie fest und lange.* – Sie haben so viel Gäste ... ich genier' mich fast ... – *Zu Tusenbach.* – Guten Tag, Baron!

OLGA kommt in das Wohnzimmer: Ah, da ist ja auch Natalia Iwanowna! Willkommen, meine Liebe! – *Sie küssen sich; Irina und Tusenbach gehen in den Saal.* –

NATASCHA: Sie haben so große Gesellschaft ... es ist mir peinlich ...

OLGA: Nicht doch – es sind lauter gute Bekannte. – *Halblaut, ganz erschrocken.* – Aber dieser grüne Gürtel ... der ist durchaus nicht schick, meine Liebe!

NATASCHA: Fällt er auf?

OLGA: Er ist einfach unmöglich ...

NATASCHA weinerlich: Wirklich? Aber er ist doch gar nicht grün, sondern eher oliv! – *Folgt Olga in den Saal.* –

KULYGIN: Ich wünsche dir einen wackern Bräutigam, liebe Irina. Es ist Zeit, dass du heiratest.

TSCHEBUTYKIN zu Natascha: Auch Ihnen tut ein Bräutigam Not, Natalia Iwanowna!

KULYGIN: Ei, Natalia Iwanowna hat schon einen Bräutigam.

MASCHA: Ich möcht' ein Gläschen Wein trinken. Äh! Das Leben ist gar wunderschön, tut's uns nicht an den Kragen gehn. Äh!

KULYGIN: Dein Betragen ist heute wenig befriedigend, meine Liebe!

WERSCHININ: Dieser Beerenwein ist ausgezeichnet. Womit ist er angesetzt?

SSOLJONY: Mit Wanzen.

IRINA weinerlich: Pfui! Wie abscheulich! ...

OLGA: Abends gibt's Truthahn und süße Apfelspeise. Gott sei Dank, ich bin heute den ganzen Tag zu Hause ... ein Abend daheim! ... Kommen Sie nur alle heut Abend, Herrschaften ...

WERSCHININ: Wenn Sie gestatten, will auch ich kommen.

IRINA: Ich bitte recht sehr.

NATASCHA: Hier kann man ganz ungeniert verkehren.

TSCHEBUTYKIN: Zur Lieb' allein, zur Lieb' allein hat uns Natur geschaffen. – *Lacht.* –

ANDREJ ärgerlich: Hören Sie auf, meine Herren! Es sollte Ihnen doch schon über sein.

Fedotik und Rode treten mit einem großen Blumenkorb ein.

FEDOTIK: Sie sitzen wirklich schon beim Frühstück!

RODE laut und schnarrend: Beim Frühstück? Ja, wahrhaftig!

FEDOTIK: Wart' einen Moment! – *Er fotografiert die Gruppe im Saal.* – Eins! Noch einen Augenblick ... – *Er macht eine zweite Aufnahme.* – Zwei! Jetzt hab' ich sie!

Sie nehmen den Korb auf und gehen in den Saal, wo sie lärmend begrüßt werden.

RODE *laut*: Gratuliere! Wünsche von Herzen alles Gute. Das Wetter ist heute kapital, wirklich großartig! Bin den ganzen Morgen mit meinen Gymnasiasten spazierengegangen – gebe nämlich Turnunterricht im Gymnasium ...

FEDOTIK: Sie können sich ruhig bewegen, Irina Ssergejewna! – *Fotografiert sie.* – Sehen wirklich heut interessant aus! – *Nimmt aus der Tasche einen Kreisel.* – Hab' Ihnen unter andrem 'nen Brummkreisel mitgebracht ... hat einen wunderbaren Ton!

IRINA: Wirklich reizend von Ihnen!

MASCHA: »Ein Eichbaum steht am Meeresstrande, ein goldnes Kettlein hängt daran« ... – *Weinerlich.* – Ich weiß nicht, warum ich das immerfort wiederhole – seit dem frühen Morgen verfolgen mich diese Worte ...

KULYGIN: Wir sind dreizehn bei Tisch!

RODE *laut.* Herrschaften, Sie sind doch nicht abergläubisch? – *Gelächter.* –

KULYGIN: Wenn dreizehn Personen zu Tisch sind, gibt's Verliebte darunter. – *Zu Tschebutykin.* – Sie sind's doch nicht etwa, Iwan Romanowitsch? Das wäre schön! – *Gelächter.* –

TSCHEBUTYKIN: Ich bin ein alter Sünder, der nicht mehr in Betracht kommt. Aber warum Natalia Iwanowna so rot geworden ist, kann ich wirklich nicht begreifen. – *Lautes Gelächter; Natascha läuft aus dem Saal in das Wohnzimmer, hinter ihr her Andrej.* –

ANDREJ: Ich bitte Sie – achten Sie nicht darauf! Bleiben Sie doch, um alles in der Welt ...

NATASCHA: Ich schäme mich so! Ich weiß nicht, wo ich bleiben soll vor Verlegenheit – und sie machen sich über mich lustig. Es mag ja unanständig sein, dass ich fortgelaufen bin – aber ich kann nicht ... ich kann nicht anders ... – *Hält sich die Hände vor das Gesicht.* –

ANDREJ: Meine Teure, ich bitte Sie, ich beschwöre Sie – regen Sie sich nicht so auf! Ich versichere Sie, sie scherzen nur, sie meinen es gut. Meine Teuerste,

Schönste – es sind alles so herzensgute Leute, sie haben uns beide so gern. Kommen Sie hierher, ans Fenster, hier kann man uns nicht sehen ... – *Er sieht sich um.* –

NATASCHA: Es ist so ungewohnt für mich, in Gesellschaft zu sein ...

ANDREJ: O Jugendzeit, herrliche, wunderbare Jugendzeit! Meine Teure, meine Schöne – beruhigen Sie sich! Vertrauen Sie mir, vertrauen Sie! ... Mir ist so wohl ums Herz, meine Seele ist voll Liebe, voll Begeisterung ... Nein, man sieht uns nicht, man sieht uns nicht. Warum ich Sie so liebe, seit wann ich Sie liebe – ich weiß es nicht. Meine Teure, meine Herrliche, Reine – werden Sie mein Weib! Ich liebe Sie, liebe Sie über alles ... wie ich nie jemanden geliebt habe ... – *Sie küssen sich. – Zwei Offiziere treten ein und bleiben beim Anblick des kosenden Paares verdutzt stehen. – Vorhang.*

Zweiter Akt

*Dekoration des ersten Aktes. Acht Uhr abends. Hinter der Szene, auf der Straße, er-
tönt gedämpftes Harmonikaspiel. Beim Emporziehen des Vorhangs ist es dunkel auf
der Bühne. Natascha tritt in das Wohnzimmer, mit einem Licht in der Hand; sie
geht nach der Tür zu, hinter der sich Andrej befindet, und bleibt da stehen.*

NATASCHA: Was machst du denn, Andrjuscha? Liegst du? Lass' dich nicht stören
– ich wollte nur mal nachsehen ... – *Öffnet eine zweite Tür, guckt hinein und schließt
sie wieder.* – ob's nicht irgendwo brennt ...

ANDREJ tritt ein, mit einem Buch in der Hand: Was gibt's denn, Natascha?

NATASCHA: Ich seh' nach, ob's nicht irgendwo brennt ... Jetzt, in der Butterwo-
che, ist die Dienerschaft ganz verdreht. Man muss in einem fort die Augen offen-
halten, dass nur ja nichts passiert. Gestern geh' ich um Mitternacht durchs Esszimmer – und was seh' ich? Eine brennende Kerze! Und glaubst du, ich hab's rausbe-
kommen, wer sie hingestellt hat? Bewahre! – *Stellt die Kerze hin.* – Wie spät ist's
denn?

ANDREJ sieht nach der Uhr: Ein Viertel auf neun.

NATASCHA: Und Olga und Irina sind noch nicht da. Haben's recht schwer, die
armen Mädchen! Olga hat heute Konferenz, und Irina muss auf dem Telegrafenamt
sitzen ... – *Sie seufzt.* – Heute Morgen sag' ich zu ihr: »Schone dich doch, Irina,
meine Liebe« – aber nein, sie hört nicht. Ein Viertel auf neun, sagst du? Hör' mal,
ich fürchte, dass unser Bobik ernsthaft krank ist! Wovon ist er nur so kalt? Gestern
hatte er solche Hitze, und heut ist er ganz kalt ... Ich hab' solche Angst!

ANDREJ: Beruhige dich, Natascha. Der Junge ist ganz gesund.

NATASCHA: 's ist aber besser, er bekommt was zum Abführen. Ich hab' Angst.
Nun sollen heute hier bei uns die Masken sein – in der zehnten Stunde sollen sie
kommen. Es wäre doch besser, Andrjuscha, sie kämen nicht!

ANDREJ: Ich weiß wirklich nicht ... sie sind doch eingeladen!

NATASCHA: Heute Morgen, wie der kleine Kerl aufwachte, sieht er mich an und
lacht auf einmal. Er muss mich also erkannt haben! »Bobik«, sag' ich, »guten
Morgen! Guten Morgen, Liebling!« und er lacht immerfort. Kleine Kinder begreifen – o, sehr gut begreifen sie! Ich will's also sagen, Andrjuscha, dass keine Masken
eingelassen werden sollen ...

ANDREJ *unentschlossen*: Überlass das nur den Schwestern. Sie sind doch hier die Herrinnen im Hause.

NATASCHA: Ich will's ihnen sagen, sie werden schon einverstanden sein. Sie sind so gut ... – *Geht nach der Tür zu.* – Zum Abendbrot hab' ich Buttermilch besorgen lassen. Der Doktor meint, du müsstest recht viel Buttermilch genießen, sonst würdest du deine Fettleibigkeit nicht loswerden. – *Bleibt stehen.* – Du – der arme Bobik ist immer so kalt – ich fürchte, er friert in seinem Zimmer. Es wäre vielleicht gut, ihn anderswo unterzubringen, wenigstens so lange, bis es wärmer wird. Irinas Zimmer zum Beispiel ist wie geschaffen zur Kinderstube: es ist trocken und hat den ganzen Tag Sonne. Man müsste es ihr sagen, sie kann ja so lange mit Olga zusammenwohnen ... Am Tage ist sie doch fast nie zu Hause ... – *Pause.* – Lieber Andrjuschka, warum schweigst du denn?

ANDREJ: So ... ich dachte eben nach ... wovon soll ich reden?

NATASCHA: Ja ... etwas wollt' ich dir doch noch sagen ... Ach, richtig! Ferapont ist da, der Diener vom Landschaftsamt. Er fragte nach dir.

ANDREJ *gähnt*. Schick' ihn doch her.

Natascha ab; Andrej liest beim Schein der Kerze, die sie zurückgelassen hat, in seinem Buch. Ferapont tritt ein, in einem alten, zerdrückten Paletot mit hochgeschlagenem Kragen, einem Tuch um die Ohren und einem Paket nebst Buch unterm Arm.

ANDREJ: Guten Abend, alter Freund. Was gibt's?

FERAPONT: Der Vorsteher schickt das Buch hier und die Akten ... – *Reicht ihm das Buch und das Paket.* –

ANDREJ: Ich danke dir; 's ist gut. Sag' mal – warum bist du so spät gekommen? Es ist schon in der neunten Stunde!

FERAPONT: Was?

ANDREJ *lauter*: Warum du so spät gekommen bist, frag' ich.

FERAPONT: Ach so! Na ... ich war doch schon hier, wie's noch hell war, aber man hat mich nicht vorgelassen. Der Herr ist beschäftigt, hieß es. Na, meinetwegen, dacht' ich – ist er beschäftigt, dann ist er beschäftigt, ich hab's nicht eilig. – *Glaubt, dass Andrej ihn etwas frage.* – Was?

ANDREJ: Nichts. *Blättert in dem Buch.* Morgen ist Freitag, da ist keine Sitzung, aber ich komme doch hin ... Hab' wenigstens was zu tun ... Zu Hause ist's langweilig ... – *Pause.* – Ja, mein lieber Alter, so ändern sich die Dinge! So betrügt uns das Leben! Aus Langeweile hab' ich heut mal dieses Buch herausgeholt – ein altes Kollegienheft ... und ich musste lachen ... Du lieber Gott, ich bin Sekretär beim Landschaftsamt! Bei demselben Landschaftsamt, dessen Vorsitzender Herr Protopopow ist! Sekretär bin ich – und der höchste Rang, den ich erlangen kann, ist der eines Mitglieds der Landschaftsverwaltung! Ich, der ich jede Nacht davon träume, dass ich Professor der Moskauer Universität, dass ich ein berühmter Gelehrter bin, auf den das Vaterland stolz ist!

FERAPONT: Kann wirklich nichts dazu sagen ... bin schwerhörig ...

ANDREJ: Wenn du nicht schwerhörig wärest, würde ich wahrscheinlich mit dir nicht so reden. Reden muss ich mit jemandem – meine Frau versteht mich nicht, vor meinen Schwestern fürcht' ich mich, sie würden sich über mich nur lustig machen ... Ich liebe die Kneipen wahrhaftig nicht – aber wie froh wär' ich, wenn ich jetzt so in Moskau säße, bei Tjestow oder in sonst einem netten Restaurant ... ja, mein Lieber!

FERAPONT: In Moskau ... von Moskau erzählte neulich ein Herr im Büro 'ne Geschichte, ganz was Tolles! Da aßen ein paar Kaufleute Pfannkuchen, und einer von ihnen, der vierzig Stück aufgegessen hatte, blieb gleich tot. Vierzig oder fünfzig – genau weiß ich's nicht, aber so herum war's.

ANDREJ: Da sitzt man nun in solch einem Moskauer Restaurant, in einem riesigen Saal, kennt keinen Menschen und wird von keinem gekannt – und fühlt sich doch wie zu Hause ... Und hier kennst du alle, und alle kennen dich – und doch bist du ein Fremder ... fremd und einsam.

FERAPONT: Was? – *Pause.* – Und derselbe Herr erzählte auch – kann ja sein, dass er lügt – dass quer durch ganz Moskau ein langes Seil gespannt ist.

ANDREJ: Wozu denn?

FERAPONT: Kann ich nicht sagen. Jener Herr hat's erzählt.

ANDREJ: Dummes Zeug. – *Liest in seinem Buch.* – Warst du mal in Moskau?

FERAPONT nach einer Pause: Nein ... bin nicht dagewesen. Gott hat mich nicht hingeführt. – *Pause.* – Kann ich nun gehn?

ANDREJ: Meinetwegen. Leb' wohl. – *Ferapont entfernt sich langsam.* – Leb' wohl ... – *Er sieht ins Buch.* – Morgen früh kommst du wieder und holst die Akten ... – *Liest.* – Alles hab' ich noch im Kopf, nichts hab' ich vergessen. Ich hab' ein immenses Gedächtnis – mit meinem Gedächtnis hätte ein andrer, Gott weiß was, zuwege gebracht! Ganz Russland hätte er in Erstaunen gesetzt ... Geh schon ... – *Ferapont ab, Pause.* – Er ist fort. – *Es klingelt.* – Ja, das sind Geschichten ...

Streckt die Glieder und geht gemächlich in sein Zimmer. Hinter der Szene singt die Kinderfrau ein Wiegenlied. Mascha und Werschinin treten ein. Während ihres Gesprächs zündet das Stubenmädchen im Saal die Lampe und die Lichter an.

MASCHA: Ich weiß nicht. – *Pause.* – Ich weiß wirklich nicht ... Natürlich macht die Gewohnheit sehr viel aus. So konnten wir uns beispielsweise, als mein Vater gestorben war, gar nicht daran gewöhnen, dass wir keine Burschen mehr hatten. Aber ganz abgesehen von der Gewohnheit, lass' ich einzig mein Gerechtigkeitsgefühl sprechen. Vielleicht ist's in andern Garnisonen anders – hier aber, in unserer Stadt, sind die Offiziere tatsächlich das anständigste und gebildetste Element.

WERSCHININ: Ich möchte was trinken. Tee möcht' ich trinken.

MASCHA sieht auf die Uhr: Es gibt bald welchen. Wie man mich verheiratete, war ich achtzehn Jahre alt. Ich hatte eben erst die Schule verlassen und fürchtete mich vor meinem Mann, weil er ein Schulmeister war. Er erschien mir damals ungeheuer klug, und so ernst. Jetzt ist das leider nicht mehr der Fall.

WERSCHININ: So ... ja!

MASCHA: Von meinem Manne rede ich auch nicht, an den hab' ich mich schließlich gewöhnt; aber unter dem Zivil im allgemeinen gibt es so viel ordinäre, unliebenswürdige, schlecht erzogene Menschen. Ich bin empört über den Mangel an Lebensart, es beleidigt mich, wenn ich einen Menschen sehe, dem die liebenswürdigen, feinen Umgangsformen abgehen. Wenn ich mit den Kollegen meines Mannes zusammen bin, leide ich geradezu.

WERSCHININ: Ja ... und mir scheinen die einen so uninteressant wie die andern. Zivilisten oder Offiziere – alles ganz gleich, wenigstens hier in diesem Nest. Alles derselbe Schlag! Hört man sich unsere Gebildeten an, ob's Zivilisten sind oder Militärs, immer reden sie nur davon, was sie quält und plagt. Der eine ärgert sich mit seiner Frau herum, der andere mit seinem Haus, seinem Vermögen, seinen Pferden ... Dem Russen ist doch sonst ein so hoher Gedankenflug eigen – warum hält er sich im praktischen Leben auf gar so niedrigem Niveau? Warum?

MASCHA: Warum?

WERSCHININ: Warum dieses qualvolle Verhältnis zu Frau und Kindern, das für beide Teile gleich unerträglich ist?

34

MASCHA: Sie sind heute in ziemlich schlechter Stimmung.

WERSCHININ: Schon möglich. Ich habe heut nicht zu Mittag gegessen, bin überhaupt seit dem frühen Morgen ohne einen Bissen. Eine meiner Töchter ist nicht recht auf dem Posten, und wenn meine Mädels krank sind, komm' ich aus der Aufregung nicht heraus. Ich mache mir Gewissensbisse, dass sie eine solche Mutter haben. O, wenn Sie sie heute gesehen hätten! Was für ein erbärmliches Geschöpf! Um sieben Uhr morgens begann der Zank zwischen uns, und um neun Uhr schlug ich die Tür hinter mir zu und ging meiner Wege. – *Pause.* – Ich rede niemals davon, nur Ihnen gegenüber beklage ich mich darüber, merkwürdigerweise ... – *Küsst ihr die Hand.* – Seien Sie mir nicht böse. Außer Ihnen hab' ich ja niemand, niemand ... – *Pause.* –

MASCHA: Wie das im Ofen saust! Kurz vor dem Tode des Vaters summte es auch immer so im Ofenrohr. Ganz genau so.

WERSCHININ: Sind Sie abergläubisch?

MASCHA: Ja.

WERSCHININ: Wie sonderbar! – *Küsst ihr die Hand.* – Sie sind ein herrliches, wunderbares Weib. Herrlich, wunderbar! Es ist so dunkel hier – aber ich sehe den Glanz Ihrer Augen ...

MASCHA setzt sich auf einen anderen Stuhl: Hier ist's heller ...

WERSCHININ: Ich liebe Sie, liebe Sie ... Ich liebe Ihre Augen und die Grazie Ihrer Bewegungen, von denen ich träume ... Sie herrliches, wunderbares Weib!

MASCHA lacht leise: Wenn Sie so zu mir sprechen, muss ich immer lächeln, obschon mir dabei so bang ist ... Bitte, reden Sie nicht mehr so ... – *Halblaut.* – Oder meinetwegen tun Sie's, es ist mir alles gleich ... – *Bedeckt ihr Gesicht mit den Händen.* – Alles ist mir gleich ... Man kommt, reden Sie von etwas anderem ...

Irina und Tusenbach kommen durch den Saal herein.

TUSENBACH: Ich habe eigentlich drei Familiennamen – Baron Tusenbach-Krone-Altschauer heiß' ich, aber ich bin Russe und gehöre zur orthodoxen Kirche, wie Sie. Vom Deutschen hab' ich nur noch wenig an mir, höchstens die Ausdauer und Hartnäckigkeit, mit der ich Sie langweile. Jeden Abend hole ich Sie nun ab ...

IRINA: Wie müde ich bin!

TUSENBACH: Und alle Tage werde ich nach diesem Telegrafenamt kommen, um Sie nach Hause zu begleiten – zehn, zwanzig Jahre lang, bis Sie mich fortjagen. – *Sieht Mascha und Werschinin, freudig.* – Sie sind da? Ich begrüße Sie!

IRINA: Endlich ist man zu Hause. – *Zu Mascha.* – Was einem doch für Geschichten passieren! Kommt da heut eine Dame aufs Amt und will ihrem Bruder nach Ssaratow telegrafieren, dass ihr Sohn gestorben sei. Nun hat sie aber die Adresse vergessen! Ohne genauere Adresse schickt sie ihr Telegramm ab, einfach nach Ssaratow. Wie sie so dasteht und weint, fahr' ich sie mir nichts, dir nichts grob an: »Ich hab' keine Zeit«, sag' ich, und kehr' ihr den Rücken. Zu dumm, nicht wahr? Sag' mal – kommen heute nicht die Masken zu uns?

MASCHA: Ja.

IRINA nimmt in einem Sessel Platz: Ich muss etwas ausruhen. Man wird so müde!

TUSENBACH lächelnd: Wenn Sie aus dem Dienst kommen, erscheinen Sie mir immer so kindlich jung, so unglücklich ... – *Pause.* –

IRINA: Ich bin müde. Nein, ich liebe sie nicht, diese Telegrafie, nicht ein bisschen!

MASCHA: Du bist abgefallen ... – *Sie pfeift.* – Unreifer siehst du aus, ein richtiges Jungengesicht hast du bekommen.

TUSENBACH: Das macht die Frisur.

IRINA: Ich muss mir etwas anderes suchen, die Telegrafie ist nichts für mich. Was ich so ersehnt, wofür ich so geschwärmt habe – gerade das finde ich dort nicht. Arbeit ist's wohl – aber Arbeit ohne Poesie, ohne tieferen Sinn ... – *Es klopft von unten gegen den Fußboden.* – Der Doktor klopft ... – *Zu Tusenbach.* – Antworten Sie ihm doch, mein Lieber, klopfen Sie ... Ich kann nicht ...

Tusenbach klopft gegen den Fußboden.

IRINA: Er wird gleich oben sein. Man muss irgendwelche Maßregeln ergreifen. Gestern war der Doktor mit unserm Andrej im Klub, sie haben beide wieder verloren.

MASCHA gleichgültig: Was lässt sich jetzt dagegen tun?

IRINA: Vor vierzehn Tagen hat er verloren, und damals im Dezember hat er auch verloren. Wenn er nur recht bald alles los würde – vielleicht, dass wir dann endlich aus dem Nest hier fortkommen. Ach Gott, ich träume jede Nacht von Moskau, ich

36

bin schon ganz verrückt. – *Lacht.* – Im Juni sollen wir hinziehen, und bis dahin ist noch ... Februar, März, April, Mai ... fast ein halbes Jahr.

MASCHA: Dass nur Natascha nichts von dem Spielverlust erfährt!

IRINA: Ach, ich denke, das ist ganz gleich.

Tschebutykin, der eben von seinem Nachmittagsschlaf erwacht ist, tritt in den Saal; er kämmt seinen Bart, setzt sich an den Tisch im Saal und zieht eine Zeitung aus der Tasche.

MASCHA: Da ist er ... Hat er schon die Miete bezahlt?

IRINA lacht: Nein. Seit acht Monaten nicht eine Kopeke. Augenscheinlich hat er's vergessen.

MASCHA *lacht.* Wie wichtig er dasitzt! – *Alle lachen. Pause. –*

IRINA: Warum sind Sie denn so still, Alexander Ignatjewitsch?

WERSCHININ: Tee möcht' ich trinken. Mein halbes Leben gebe ich für ein Glas Tee hin! Seit heut' morgen hab' ich nichts im Leibe ...

TSCHEBUTYKIN: Irina Ssergejewna!

IRINA: Was wünschen Sie?

TSCHEBUTYKIN: Bitte, kommen Sie doch her! Venez ici! – *Irina geht zu ihm und setzt sich an den Tisch. –* Ich halt's ohne Sie nicht aus. – *Irina legt Patience. –*

WERSCHININ: Na – wenn's also keinen Tee gibt, dann wollen wir wenigstens ein bisschen philosophieren.

TUSENBACH: Meinetwegen ... Worüber!

WERSCHININ: Worüber? Lassen Sie mich mal nachdenken ... Sagen wir: über das Leben der Menschen, wie es nach uns, in zwei-, dreihundert Jahren sein wird.

TUSENBACH: Hm! Dann wird man wahrscheinlich mit dem Luftballon reisen, die Jacketts werden einen andern Schnitt haben, der sechste Sinn wird möglicherweise entdeckt und zur Entwicklung gelangt sein – aber das Leben selbst wird geblieben sein, wie es heute ist, geheimnisvoll, mühselig und doch schön. Auch nach tausend Jahren noch wird der Mensch seufzen: »Ach, wie schwer ist's, zu leben!« – und wird doch ebenso wie jetzt den Tod fürchten und verabscheuen.

WERSCHININ nach kurzem Nachdenken: Was soll ich darauf erwidern? Nach meiner Meinung wird sich nach und nach in den irdischen Dingen eine Wandlung vollziehen, ja, sie vollzieht sich schon jetzt vor unseren Augen. In zwei-, dreihundert, vielleicht auch in tausend Jahren – auf den Zeitraum kommt's nicht an – wird ein neues, glückliches Leben auf Erden beginnen. Wir werden an diesem Leben allerdings keinen Anteil mehr haben, aber wir leben, arbeiten und leiden schon jetzt um dieses zukünftigen Lebens willen, wir schaffen dieses Leben, und darin allein ruht der Zweck unseres Daseins und, wenn Sie wollen, unser Glück.

Mascha lacht leise.

TUSENBACH: Warum lachen Sie?

MASCHA: Ich weiß es nicht. Ich muss heute den ganzen Tag lachen, vom frühen Morgen an.

WERSCHININ zu Tusenbach: Ich habe den gleichen Bildungsgang wie Sie, die Universität hab' ich nicht besucht; ich lese viel, wenn auch vielleicht nicht mit der richtigen Auswahl, und möglicherweise sogar ziemlich überflüssiges Zeug. Das aber, worauf es vor allem ankommt, glaube ich doch ganz fest und bestimmt zu wissen. Und das ist: es gibt kein Glück für uns, es kann und wird keins geben ... Wir können nur arbeiten und arbeiten, das Glück aber wird erst unsern Enkeln zuteil werden. – *Pause.* – Nun denn, wenn ich nicht glücklich sein soll, so werden es wenigstens meine Enkel sein oder die Enkel meiner Enkel.

Fedotik und Rode erscheinen im Saal; sie setzen sich und singen leise zur Gitarre.

TUSENBACH: Ich verstehe Sie nicht. Wir sollen arbeiten und nicht einmal träumen vom Glück! Wenn ich nun aber tatsächlich glücklich bin?

WERSCHININ: Das sind Sie nicht.

TUSENBACH schlägt die Hände zusammen und lacht: Wir missverstehen uns offenbar gegenseitig. Wie soll ich's Ihnen klarlegen, was ich meine? Wir leben doch sozusagen alle unser eignes Leben, und auch die Zukunft wird nur ihr eignes Leben haben, das genau so sein wird wie das unsrige, weder besser noch schlechter ...

Mascha lacht leise.

TUSENBACH streckt ihr den Finger entgegen: Lachen Sie nur! – *Zu Werschinin.* – Nicht bloß nach zwei-, dreihundert, sondern noch nach Millionen Jahren wird das Leben ganz ebenso sein wie es immer war; es ändert sich nicht, es bleibt stets sich selbst gleich, folgt seinen eignen Gesetzen, die wir nicht ändern, die Sie nie ihrem innersten Wesen nach ergründen werden. Nehmen Sie die Zugvögel, die Kraniche zum Beispiel – sie fliegen und fliegen, und was für Gedanken auch in ihren Köpfen sich regen mögen, ob hohe oder niedrige – sie werden immer wieder fliegen, ohne zu wissen, warum und wohin.

MASCHA: Es liegt doch immer ein Sinn darin!

TUSENBACH: Ein Sinn ... Draußen fällt Schnee – was für ein Sinn soll darin liegen? – *Pause.* –

MASCHA: Ich meine, der Mensch muss gläubig sein, oder doch den Glauben suchen, sonst ist sein Leben öde, öde ... Leben und nicht wissen, warum die Kraniche fliegen, warum Kinder geboren werden, warum die Sterne am Himmel stehen – das ist einfach trostlos. Man muss wissen, warum man lebt – oder es ist eben alles dummes Zeug, alles Widersinn ... – *Pause.* –

WERSCHININ: Auf jeden Fall ist's traurig, dass die Jugend vergeht ...

MASCHA: Bei Gogol heißt es irgendwo: Langweilig ist's, auf dieser Welt zu leben, Herrschaften!

TUSENBACH: Und ich sage: Schwer ist's, mit Ihnen zu disputieren, Herrschaften! Ich geb's auf ...

TSCHEBUTYKIN liest in der Zeitung: Balzac hat sich in Berdytschew trauen lassen.

Irina singt leise.

TSCHEBUTYKIN: Das will ich mir doch notieren. – *Macht sich Notizen.* – Balzac hat sich in Berdytschew trauen lassen. – *Liest in der Zeitung weiter.* –

IRINA während sie Patience legt, nachdenklich: Balzac hat sich in Berdytschew trauen lassen.

TUSENBACH: Der Würfel ist gefallen. Wissen Sie, Maria Ssergejewna, dass ich um meinen Abschied eingekommen bin?

MASCHA: Ich hab's gehört. Und ich finde es nicht schön von Ihnen. Ich liebe die Zivilisten nicht.

TUSENBACH: Das ist mir gleich. *Erhebt sich.* Ich bin nicht hübsch genug zum Soldaten. Na, übrigens – 's ist alles egal ... Ich werde arbeiten. Wenigstens einen

Tag in meinem Leben möcht' ich so angestrengt arbeiten, dass ich, wenn ich abends nach Hause komme, vor Müdigkeit umsinke und sofort einschlafe ... – *Geht in den Saal.* – Die Arbeiter müssen einen festen Schlaf haben.

FEDOTIK zu Irina: Hab' eben bei Pyschikow in der Moskauer Straße bunte Bleistifte für Sie gekauft ... Und dieses Messerchen ...

IRINA: Sie hätscheln mich immer noch wie ein kleines Mädchen! – *Nimmt Bleistift und Messerchen; freudig.* – Ach, wie reizend!

FEDOTIK: Für mich hab' ich ein Taschenmesser gekauft ... da, sehen Sie mal ... eine Klinge, noch eine zweite, eine dritte – hier eine kleine Schere, eine Nagelfeile ...

RODE laut: Doktor, wie alt sind Sie eigentlich?

TSCHEBUTYKIN: Ich? Zweiunddreißig Jahre. – *Gelächter.* –

FEDOTIK: Ich will Ihnen mal 'ne andere Art des Patiencelegens zeigen ... – *Legt Patience.* –

Das Stubenmädchen bringt den Samowar und entfernt sich; Anfissa kommt herein und hantiert am Samowar herum; bald darauf kommt Natascha und macht sich gleichfalls am Tische zu schaffen; Ssoljony tritt ein, begrüßt die Anwesenden und setzt sich an den Tisch.

WERSCHININ: Was für ein Wind da draußen ist!

MASCHA: Ja. Ich habe den Winter schon satt. Hab' schon ganz vergessen, wie der Sommer aussieht.

IRINA zu Fedotik, der Patience legt: Ich seh' schon, was die Karten sagen, wir werden nach Moskau ziehen.

FEDOTIK: Das stimmt nicht. Die Acht hier liegt auf der Pik-Zwei. – *Lacht.* – Das bedeutet: Sie werden nicht nach Moskau ziehen.

TSCHEBUTYKIN liest in der Zeitung: In Zizikar grassieren die schwarzen Blattern.

ANFISSA tritt an Mascha heran: Mascha, Tee trinken, Schätzchen! – *Zu Werschinin.* – Wenn ich bitten darf, Ew. Hochwohlgeboren ... Verzeihung, Väterchen, hab' Ihren Namen vergessen ...

MASCHA: Bring mir den Tee hierher, Altchen. Ich geh' nicht dorthin.

IRINA: Anfissa!

ANFISSA: Ich komm' schon.

NATASCHA zu Ssoljony: Brustkinder begreifen schon sehr gut! »Guten Morgen, Bobik!« sag' ich heut zu meinem Kleinen, »guten Morgen, Liebling!« Wie merkwürdig er mich da anguckt! Sie denken vielleicht, aus mir rede nur die Mutter – o nein! Ich versichere Sie, es ist ein ganz ungewöhnliches Kind!

SSOLJONY: Wenn es mein Kind wäre, würde ich's in der Pfanne braten lassen und verspeisen. – *Geht mit seinem Glase ins Wohnzimmer und setzt sich in eine Ecke.* –

NATASCHA bedeckt ihr Gesicht mit den Händen: Was für ein roher, unerzogener Mensch!

MASCHA: Glücklich der Mensch, der sich nicht darum zu kümmern braucht, ob draußen Sommer oder Winter ist. Ich glaube, wenn ich in Moskau lebte, wäre mir das Wetter ganz gleichgültig ...

WERSCHININ: Kürzlich las ich das Tagebuch eines französischen Ministers – er hatte es im Gefängnis geschrieben, in das ihn die Panama-Affäre gebracht hatte. Mit wahrem Entzücken spricht er von den Vögeln, die er aus seinem Kerkerfenster sieht, und die er früher, als er noch im Amt war, nie bemerkt hatte. Und auch nach seiner Freilassung wird er auf die Vögel kaum geachtet haben. So werden auch Sie, wenn Sie erst in Moskau leben, den Reizen dieser Stadt weiter keine Aufmerksamkeit schenken. Es gibt eben für den Menschen kein Glück – nur eine Sehnsucht nach dem Glücke gibt es.

TUSENBACH nimmt die Konfektschachtel vom Tisch: Wo ist denn das Konfekt geblieben?

IRINA: Ssoljony hat es aufgegessen.

TUSENBACH: Alles?

ANFISSA reicht den Tee herum; zu Werschinin: Für Sie ist ein Brief gebracht worden, Väterchen! – *Reicht ihm den Brief.* –

WERSCHININ: Für mich? – *Nimmt den Brief.* – Von meiner Tochter. – *Liest.* – Ja, natürlich ... Entschuldigen Sie mich, Maria Ssergejewna – ich gehe ganz still fort. Tee trink' ich nicht mehr. – *Steht erregt auf.* – Ewig diese Geschichten ...

MASCHA: Was gibt's denn? Es ist doch kein Geheimnis?

WERSCHININ: Meine Frau hat sich wieder mal vergiftet. Ich muss nach Hause. Ich möchte unbemerkt fortgehen. Schrecklich unangenehm ist das alles. – *Küsst Mascha die Hand.* – Meine Teure ... herrliches, schönes Weib ... Ich geh' ganz leise hier durch ... – *Ab.* –

ANFISSA sieht sich nach Werschinin um: Wo ist er denn? Ich hab' ihm doch Tee gebracht! ... Was für'n komischer Mensch!

MASCHA ärgerlich: Lass mich! Gar keine Ruhe hat man vor dir! – *Geht mit ihrer Tasse an den Tisch.* – Bist wirklich langweilig, Alte!

ANFISSA: Was bist du denn mit einem Mal so böse, Schätzchen?

ANDREJS Stimme: Anfissa!

ANFISSA ahmt ihn nach: Anfissa! Da sitzt er nu drinnen ... – *Ab.* –

MASCHA am Tisch im Saal, ärgerlich: So macht mir doch Platz! – *Wirft die Karten auf dem Tisch durcheinander.* – Da sitzen sie mit ihren Karten. Trinkt euern Tee!
IRINA: Du bist doch recht boshaft, Maschka.

MASCHA: Wenn ich boshaft bin, dann redet doch nicht mit mir. Reizt mich nicht.

TSCHEBUTYKIN lacht: Reizt sie nicht, reizt sie nicht!

MASCHA: Sie sind sechzig Jahre alt und benehmen sich wie ein kleiner Junge ... faseln der Teufel weiß, was zusammen ...

NATASCHA seufzt: Liebe Mascha, warum gebrauchst du in der Unterhaltung solche Ausdrücke? Bei deinem reizenden Äußern wärst du in Gesellschaft geradezu entzückend, wenn du nicht immer solche Worte im Munde führtest. Je vous prie, pardonnez moi, Marie, mais vous avez des manières un peu grossières.

TUSENBACH mühsam das Lachen verhaltend: Geben Sie mir doch mal ... dort ... ich glaube, es ist Kognak ...

NATASCHA: Il parait que mon Bobik déjà ne dort pas! Er ist aufgewacht. Er ist heute nicht recht wohl ... Ich will mal nach ihm sehen, verzeihen Sie ... – *Ab.* –

IRINA: Und   wo   ist   der   Oberst?

MASCHA: Nach Hause gegangen. 's ist wieder mal was mit seiner Frau passiert.

TUSENBACH geht zu Ssoljony, eine Karaffe mit Kognak in der Hand: Sie sitzen so allein, grübeln über irgendwas – und können's nicht ergrübeln. Kommen Sie, lassen Sie uns 'nen Kognak trinken. Wollen uns wieder vertragen. – *Sie trinken.* – Heute werde ich wohl die ganze Nacht auf dem Klavier klimpern müssen, lauter albernes Zeug jedenfalls ... Na, komme, was kommen will!

SSOLJONY: Sie reden von »vertragen« – ich bin doch gar nicht böse auf Sie!

TUSENBACH: Ich habe immer das Gefühl, als ob Sie etwas gegen mich hätten. Offen gesagt, Sie haben einen sonderbaren Charakter.

SSOLJONY deklamierend: »Mich nennst du sonderbar – und wer ist's nicht? Sei böse nicht, Aleko!«

TUSENBACH: Was hat hier Aleko zu tun?

SSOLJONY: Bin ich zu zweien mit jemand zusammen, dann bin ich ein ganz brauchbarer Kerl, wie alle andern, aber in Gesellschaft werde ich gleich scheu und rede allerhand Unsinn. Dabei bin ich nobler als sehr, sehr viele andere. Ich kann Ihnen Beweise dafür liefern.

TUSENBACH: Ich bin oft böse auf Sie, weil Sie immer mit mir Händel suchen, wenn wir zusammen in Gesellschaft sind. Und doch sind Sie mir aus irgendeinem Grunde sympathisch. Hol's der Teufel, ich will mich heute betrinken. Prosit!

SSOLJONY: Prosit! – *Sie trinken.* – Ich habe nie was gegen Sie gehabt, Baron. Aber ich habe leider den Charakter Lermontows. – *Leise.* – Ich sehe sogar Lermontow etwas ähnlich.

TUSENBACH: Ich habe meinen Abschied eingereicht. Basta. Fünf Jahre lang hab' ich es mir überlegt, und endlich hab' ich mich entschlossen. Ich will arbeiten.

SSOLJONY deklamiert: »Sei böse nicht, Aleko, und vergaß die ew'gen Träumerei'n ...«

Während sie sprechen, kommt Andrej leise mit einem Buch herein und setzt sich neben die brennende Kerze.

TUSENBACH: Ich werde arbeiten ...

TSCHEBUTYKIN geht mit Irina in das Wohnzimmer: Und auch die Bewirtung war ganz nach kaukasischer Art: Suppe mit Lauch, und nach dem Braten kam Tschechartma, eine Fleischspeise.

SSOLJONY: Tscheremscha ist durchaus keine Fleischspeise, sondern eine Pflanze, ähnlich unserem Knoblauch.

TSCHEBUTYKIN: Keineswegs, mein Engel! Tschechartma ist kein Knoblauch, sondern ein Gericht aus Hammelfleisch.

SSOLJONY: Und ich sage Ihnen – Tscheremscha ist eine Knoblauchart!

TSCHEBUTYKIN: Und ich sage Ihnen – Tschechartma ist Hammelfleisch!

SSOLJONY: Und ich sage Ihnen – Tscheremscha ist Knoblauch.

TSCHEBUTYKIN: Was soll ich mit Ihnen streiten! Sie sind nie im Kaukasus gewesen und haben nie Tschechartma gegessen!

SSOLJONY: Ich hab's nicht gegessen, weil ich das Zeug nicht leiden kann. Tscheremscha riecht genau so abscheulich wie Knoblauch.

ANDREJ in bittendem Ton: Genug, meine Herren! Ich bitte Sie!

TUSENBACH: Wann kommen denn eigentlich die Masken?

IRINA: Um neun Uhr wollten sie kommen – sie können jeden Augenblick da sein.

TUSENBACH umfasst Andrej: »Ach, du Häuschen, du mein Häuschen, du mein schönes, neues Haus ...«

ANDREJ tanzt und singt: »Neues Häuschen du aus Ahorn ...«

TSCHEBUTYKIN tanzt: »Ach, wie reizend siehst du aus!« – *Gelächter.* –

TUSENBACH küsst Andrej: Hol's der Teufel, wir wollen eins trinken. Andrjuscha, komm, wir wollen Brüderschaft trinken! Und dann gehen wir zusammen auf die Universität, Andrjuscha!

SSOLJONY: Auf welche denn? In Moskau sind zwei Universitäten.

ANDREJ: In Moskau ist nur eine Universität.

SSOLJONY: Und ich sage Ihnen: es sind zwei da.

ANDREJ: Meinetwegen auch drei. Um so besser.

SSOLJONY: In Moskau sind zwei Universitäten. – *Murren und Zischen.* – Zwei Universitäten: die alte und die neue. Und wenn's Ihnen nicht passt, mir zuzuhören, wenn Sie sich über meine Worte ärgern, dann kann ich ja schweigen. Ich kann sogar in ein anderes Zimmer gehen ... – *Entfernt sich durch eine der Türen.* –

TUSENBACH: Bravo! Bravo! – *Lacht.* – Herrschaften, so fangen Sie doch an, ich will spielen! Ein komischer Kauz, dieser Ssoljony! – *Setzt sich ans Klavier, spielt einen Walzer.* –

MASCHA tanzt allein und singt nach der Walzermelodie: Der Baron ist bezecht, bezecht, bezecht ...

Natascha tritt ein.

NATASCHA zu Tschebutykin: Iwan Romanytsch! – *Flüstert mit ihm und entfernt sich dann leise.* –

IRINA: Was ist denn los?

TSCHEBUTYKIN: Es ist Zeit, dass wir gehen. Auf Wiedersehen.

TUSENBACH: Gute Nacht! Es ist Zeit, dass wir gehen.

IRINA: Erlauben Sie ... und die Masken? ...

ANDREJ verwirrt: Die Masken dürfen heute nicht kommen. Nämlich, meine Liebe ... Natascha meint, Bobik wäre nicht ganz wohl, und darum ... Im übrigen, ich weiß nichts weiter ... mir ist es absolut gleichgültig.

IRINA achselzuckend: Bobik ist nicht ganz wohl!

MASCHA: Fauler Zauber! Man wirft uns zur Tür hinaus – gut, dann gehen wir. – *Zu Irina.* – Nicht Bobik, sondern sie selber ist nicht ganz wohl – da! – *Zeigt mit dem Finger nach der Stirn.* – Die Spießbürgerin!

Andrej ab nach rechts in sein Zimmer, Tschebutykin folgt ihm; im Saal verabschieden sich die Gäste.

FEDOTIK: Wie schade! Ich habe mich so gefreut auf den Abend, aber wenn das Kind krank ist, dann natürlich ... Ich bring' ihm morgen Spielzeug mit ...

RODE laut: Hab' extra den ganzen Nachmittag geschlafen, dachte die Nacht durchzutanzen ... Es ist doch erst neun Uhr!

MASCHA: Kommen Sie, meine Herren! Wir können auf der Straße weiterplaudern. Wollen überlegen, was wir anfangen.

Man hört Abschiedsgrüße: »Adieu!« »Auf Wiedersehen!« und Tusenbachs vergnügtes Lachen. Alle entfernen sich. Anfissa und das Stubenmädchen räumen den Tisch ab und löschen die Lampen aus. Man hört den Gesang der Kinderfrau. Andrej, in Paletot und Hut, und Tschebutykin, treten leise ein.

TSCHEBUTYKIN: Hab' darum nicht geheiratet, weil das Leben so blitzschnell an mir vorübergehuscht ist – und weil ich deine Mutter, die leider verheiratet war, bis zum Wahnsinn liebte ...

ANDREJ: Heiraten ist überflüssig. Überflüssig ... und langweilig.

TSCHEBUTYKIN: Das sagst du so – weil du nicht weißt, was es bedeutet, allein zu sein. Rede, was du willst, mein Lieber: das Alleinsein ist ein schreckliches Ding!

ANDREJ: Kommen Sie rasch!

TSCHEBUTYKIN: Warum so eilig? Wir kommen noch früh genug hin.

ANDREJ: Ich fürchte, meine Frau könnte uns in die Quere kommen.

TSCHEBUTYKIN: Ach so!

ANDREJ: Spielen mag ich heute nicht, nur etwas zerstreuen möcht' ich mich. Ich fühle mich gar nicht recht wohl ... Was soll ich nur gegen mein Asthma tun, Doktor?

TSCHEBUTYKIN: Frage mich nicht, mein Lieber. Ich weiß es wirklich nicht ... hab's vergessen ...

ANDREJ: Wir wollen durch die Küche gehen.

Beide ab. Es klingelt zweimal, mit kurzer Zwischenpause; das Stubenmädchen entfernt sich; man hört Stimmen und Gelächter; Irina tritt ein.

IRINA: Wer ist da?

ANFISSA flüsternd: Die Masken werden es sein.

Es klingelt wieder.

IRINA: Geh doch, meine Liebe, sag' ihnen, dass niemand zu Hause ist. Sie möchten entschuldigen.

Anfissa ab. Irina geht sinnend im Zimmer auf und ab; sie ist erregt; Ssoljony tritt ein.

SSOLJONY verdutzt: Kein Mensch da? ... Wohin sind denn alle verschwunden?

IRINA: Sie sind nach Hause gegangen.

SSOLJONY: Merkwürdig. Sie sind ganz allein da?

IRINA: Ganz allein. – *Pause.* – Leben Sie wohl!

SSOLJONY: Ich habe mich vorhin nicht taktvoll benommen. Aber Sie sind nicht so wie die andern – Sie sind edelgesinnt und rein, Sie erkennen die Wahrheit ... Nur Sie allein können mich verstehen. Ich liebe Sie ... liebe Sie leidenschaftlich, ohne Maß ...

IRINA: Leben Sie wohl! Gehen Sie!

SSOLJONY: Ich kann ohne Sie nicht leben. – *Geht hinter ihr her.* – O, meine Seligkeit! – *Unter Tränen.* – O, mein Glück! Diese herrlichen, wunderbaren, berückenden Augen, die ich noch bei keinem Weibe so gesehen habe!

IRINA kühl: Hören Sie auf, Wassili Wassilitsch!

SSOLJONY: Das erste Mal ist's, dass ich Ihnen von Liebe rede ... Mir ist zumute, als wär' ich nicht auf der Erde, sondern irgendwo auf einem andern Planeten. – *Reibt sich die Stirn.* – Na, 's ist mir alles gleich – zur Liebe zwingen kann ich Sie nicht ... Aber glückliche Nebenbuhler dulde ich nicht ... Ich dulde sie nicht! ... Ich schwör's Ihnen bei allen Heiligen: jeden Nebenbuhler töte ich ... O, Sie Herrliche!

Natascha kommt mit einer Kerze.

NATASCHA schaut erst in das eine, dann ins andere Zimmer und geht an der Tür, die ins Zimmer ihres Gatten führt, vorüber: Da drinnen ist Andrej. Ich will ihn beim Lesen nicht stören. – *Zu Ssoljony.* – Verzeihen Sie, Wassili Wassiljewitsch, ich wusste nicht, dass Sie da sind – ich bin im Hauskleid ...

SSOLJONY: Ist mir alles gleich. Leben Sie wohl! – *Ab. –*

NATASCHA: Bist wohl recht müde, meine Liebe? Mein armes Kind! – *Küsst Irina.* – Leg' dich nur bald zu Bett!

IRINA: Schläft Bobik?

NATASCHA: Ja. Aber er schläft so unruhig. Apropos, meine Liebe – ich wollt' schon immer etwas mit dir besprechen, aber entweder warst du nicht da, oder ich hatte keine Zeit ... Das Zimmer, in dem Bobik jetzt schläft, scheint mir so kühl und feucht. Und dein Zimmer passt so schön zum Kinderzimmer. Meine Liebe, Gute – quartier' dich doch vorläufig bei Olga ein!

IRINA versteht Natascha nicht gleich: Was soll ich?

Man hört einen Schlitten unter Schellengeläut vor dem Hause vorfahren.

NATASCHA: Du sollst vorläufig mit Olga in einem Zimmer wohnen, und dein Zimmer soll Bobik bekommen. Er ist so lieb, heute sag' ich zu ihm: »Bobik, du bist mein, mein!« Und da sieht er mich mit seinen Äugelchen so groß an! – *Es klingelt.* – Das ist wohl Olga. Wie spät sie kommt!

Das Stubenmädchen tritt ein und flüstert Natascha etwas ins Ohr.

NATASCHA: Protopopow? Was für ein Einfall! Protopopow wartet unten mit seiner Trojka und will mit mir eine Spazierfahrt machen! – *Lacht.* – Wie komisch doch diese Mannsleute sind ... – *Es klinget.* – Es ist jemand gekommen ... Na, ein Viertelstündchen Luft schnappen kann nicht schaden ... – *Zum Stubenmädchen.* – Sag', ich käme gleich. – *Es klingelt.* – Das muss Olga sein. – *Ab.* –

Das Stubenmädchen entfernt sich rasch. Irina sitzt sinnend da. Kulygin und Olga treten ein, hinter ihnen Werschinin.

KULYGIN: Das ist doch merkwürdig! Und dabei hieß es, es sei heute Tanzkränzchen bei Ihnen!

WERSCHININ: Vor einer halben Stunde war ich hier, da erwarteten sie die Masken ...

IRINA: Alle sind fort.

KULYGIN: Auch Mascha? Wohin ist sie denn gegangen? Und warum wartet Protopopow unten mit seiner Trojka?

IRINA: Frage nicht ... Ich bin müde. – *Bedeckt das Gesicht mit den Händen.* –

KULYGIN: Nun, nun, mein launisches Fräulein ...

OLGA: Eben erst hat unsere Konferenz geendet. Ich bin ganz hin. Die Vorsteherin ist krank, und ich muss sie vertreten. Kopfschmerzen hab' ich, solche Kopfschmerzen ... – *Setzt sich.* – Andrej hat gestern zweihundert Rubel verspielt, die ganze Stadt spricht davon ...

KULYGIN: Auch wir hatten eine Konferenz, auch ich bin müde ... – *Setzt sich.* –

WERSCHININ: Meine Frau hat sich um ein Haar vergiftet. Ich bin froh, dass es noch gut abgelaufen ist ... Also, wir sollen uns wieder empfehlen? Mir ist's recht – wünsch' Ihnen alles Gute! – *Zu Kulygin.* – Fjodor Iljitsch, kommen Sie – wollen irgendwohin fahren. Nach Hause geh' ich um keinen Preis ... Kommen Sie mit!

KULYGIN: Bedaure sehr lebhaft ... 's ist mir schon zu spät. – *Erhebt sich.* – Ich bin heute zu müde. Ist meine Frau nach Hause gegangen?

IRINA: Jedenfalls.

KULYGIN küsst Irina die Hand: Leb' wohl! Morgen und übermorgen bin ich den ganzen Tag frei. Wünsch' euch eine gute Nacht. – *Er schickt sich an zu gehen.* – Ich hätte gar zu gern ein Glas Tee getrunken. Hab' mich darauf gefreut, den Abend in angenehmer Gesellschaft zu verbringen, aber – *o fallacem hominum spem!* ... Ein sogenannter Akkusativ des Ausrufs ...

WERSCHININ: Ich muss also allein fahren. – *Pfeifend ab mit Kulygin.* –

OLGA: Mein Kopf, mein armer Kopf ... Andrej hat im Spiel verloren ... Die ganze Stadt spricht davon ... Ich geh' zu Bett. – *Ist im Begriff zu gehen.* – Morgen hab' ich keinen Unterricht zu geben ... O Gott, wie angenehm ist das! Morgen und übermorgen bin ich frei ... Ach, diese Kopfschmerzen ... – *Ab.* –

IRINA allein: Alles fort. Kein Mensch da.

Von der Straße ertönt Harmonikaspiel; die Kinderfrau singt ein Wiegenlied.

NATASCHA geht in Pelz und Mütze durch den Saal; hinter ihr das Stubenmädchen: In einer halben Stunde bin ich zu Hause. Ich will nur ein bisschen spazierenfahren. – *Ab.* –

IRINA allein, voll Verzweiflung: Nach Moskau! Nach Moskau! Nach Moskau! – *Vorhang.* –

Dritter Akt

Olgas und Irinas gemeinsames Zimmer. Links und rechts Betten mit Bettschirmen davor. Drei Uhr nachts. Hinter der Szene wird die Sturmglocke geläutet, aus Anlass einer Feuersbrunst, die bereits längere Zeit wütet. Es macht den Eindruck, als ob das ganze Haus noch auf den Beinen wäre. Mascha liegt auf dem Diwan, wie gewöhnlich in Schwarz. Olga und Anfissa treten ein, später Ferapont.

ANFISSA: Sie sitzen jetzt unten, unter der Treppe ... Ich sage zu ihnen: »Kommen Sie doch nach oben, hier können Sie doch nicht bleiben«, sag' ich. Und sie meinen: »Wir wissen nicht, wo Papa ist«, sagen sie, »wenn er nur nicht verbrannt ist!« So'n Einfall! Auch auf dem Hofe sind Leute ... Kaum das Nötigste haben sie an.

OLGA *nimmt Kleider aus einem Schrank:* Da, nimm das graue Kleid hier ... und auch dieses ... Hier die Jacke nimm gleichfalls ... Und diesen Unterrock ... Mein Gott, mein Gott, welch ein Unglück! Die ganze Kirßanowskigasse scheint abgebrannt ... Auch das nimm ... und das ... – *Wirft ihr Kleidungsstücke zu.* – Die armen Werschinins müssen einen Heidenschreck bekommen haben ... Ihr Haus wäre um ein Haar auch verbrannt. Sie können bei uns übernachten ... nach Hause kann man sie nicht gehen lassen ... Dem Leutnant Fedotik ist alles verbrannt, nichts ist ihm geblieben ...

ANFISSA: Ich muss den Ferapont rufen, Oljuscha, ich kann das nicht alles tragen ...
OLGA *klingelt:* Kein Mensch hört ... – *Öffnet die Tür und ruft hinaus.* – Kommt doch mal her, wer dort ist. – *Durch die geöffnete Tür sieht man ein Fenster, das vom Feuerschein gerötet ist; man hört, wie die Feuerwehr am Hause vorüberrasselt.* – Wie entsetzlich das ist! Und wie es einen mitnimmt!

Ferapont tritt ein.

OLGA *zu Ferapont:* Nimm die Kleider und trag sie hinunter ... Unter der Treppe stehen die beiden Fräulein Kolotilin ... Bring' ihnen die Sachen hier ... Auch das gib ihnen ...

FERAPONT: Sehr wohl. Im Jahre Zwölf ist auch Moskau abgebrannt ... Herr du meine Güte! Die Franzosen mögen sich schön gewundert haben!

OLGA: Geh nur, mach' rasch ...

FERAPONT: Ich geh' schon. – *Entfernt sich.* –

OLGA: Gib alles hin, Altchen, wir brauchen nichts. Alles gib, meine Liebe ... Ich bin so müde, halt' mich kaum auf den Beinen ... Die Werschinins können wir nicht nach Hause lassen ... Die Mädchen bringen wir im Wohnzimmer unter, und Alexander Ignatjewitsch kann unten beim Baron bleiben. Fedotik wird auch beim Baron Platz finden oder bei uns im Saal ... Der Doktor musste sich gerade heute betrinken, zu dem kann man niemanden schicken. Auch Werschinins Frau kann im Wohnzimmer bleiben.

ANFISSA: Oljuschka, mein Täubchen, hetz' mich doch nicht so!

OLGA: Wer hetzt dich denn, Altchen? Sprich doch kein dummes Zeug.

ANFISSA legt ihren Kopf an Olgas Brust: Meine Teure, Goldne – ich arbeite doch, tu' doch, was ich kann ... Und wenn ich mal schwach werde, da heißt es gleich: Geh deiner Wege! Wohin soll ich denn gehen? Wohin denn? Achtzig Jahre bin ich alt, im zweiundachtzigsten ...

OLGA: Setz' dich nur, Altchen ... Bist müde geworden, meine Ärmste. – *Führt sie zu einem Stuhl und lässt sie sich niedersetzen.* – Ruh' aus, meine Gute, wie blass du aussiehst!

Natascha tritt ein.

NATASCHA: Es heißt, dass sofort ein Komitee zur Hilfeleistung für die Abgebrannten gebildet werden soll. Ich finde die Idee sehr gut. Überhaupt muss den armen Leuten so rasch wie möglich Hilfe gebracht werden, das ist eine Pflicht der Reichen. Bobik und Ssofotschka schlafen, als ob gar nichts wäre. Es sind heute so viel Menschen im Hause. Wohin man sieht, nichts als Menschen. Dabei herrscht die Influenza in der Stadt. Ich habe wirklich Angst, dass die Kinder sich anstecken.

OLGA hört nicht auf sie: Hier im Zimmer sieht man gar nichts vom Feuer, ganz still ist's hier ...

NATASCHA: Ja ... ich seh' wohl ganz unordentlich aus? – *Vor dem Spiegel.* – Man sagt mir, ich sei stärker geworden ... Ich finde das gar nicht! ... Und Mascha schläft, ist müde geworden, die Ärmste ... – *Anfissa fröstelt.* – Wie kannst du dir erlauben, in meiner Gegenwart zu sitzen? Steh auf! Mach', dass du hinauskommst! – *Anfissa entfernt sich. Pause.* – Ich versteh' nicht, warum du die Alte noch immer behältst!

OLGA verwundert: Entschuldige, auch ich versteh' nicht ...

NATASCHA: Man braucht sie doch gar nicht! Sie ist eine Bäuerin, mag sie aufs Dorf gehen ... Ganz verhätschelt habt ihr sie! Ich will im Hause Ordnung haben! Überflüssige Esser braucht man im Hause nicht. – *Streichelt Olgas Wange.* – Armes

Kind, musst dich so abrackern! Unsere Schulvorsteherin ist müde! Wenn meine Ssofotschka mal groß ist und das Gymnasium besucht, werde ich Angst vor dir haben.

OLGA: Ich werde nie Schulvorsteherin werden.

NATASCHA: Man wird dich aber dazu wählen. Es ist schon abgemacht.

OLGA: Ich nehm's nicht an. Ich kann nicht ... – *Trinkt Wasser*. – Du warst eben so hart zu der Kinderfrau ... Ich kann das nicht ertragen ... Es wurde mir dunkel vor den Augen ...

NATASCHA betreten: Verzeih, Olga, verzeih ... Ich wollte dich nicht kränken.

Mascha erhebt sich, nimmt ihr Kissen und geht ärgerlich aus dem Zimmer.

OLGA: Du wirst das begreifen, meine Liebe. Wir sind vielleicht darin etwas sonderbar erzogen, aber ich ertrage einmal so etwas nicht. Eine solche Behandlung Untergebener ist mir schmerzlich ... Es drückt mich förmlich nieder ...

NATASCHA: Verzeih nur, verzeih ... – *Küsst sie.* –

OLGA: Jede Gefühllosigkeit, mag sie noch so geringfügig sein, jedes unzarte Wort regt mich auf.

NATASCHA: Ich rede öfter mal was Unnötiges. Aber du wirst doch zugeben, meine Liebe: sie passt doch wirklich besser aufs Dorf.

OLGA: Sie ist schon dreißig Jahre bei uns.

NATASCHA: Aber sie ist doch jetzt nicht mehr imstande, zu arbeiten. Entweder versteh' ich dich nicht, oder du willst mich nicht verstehen. Sie ist einfach unfähig zur Arbeit, sie schläft nur oder sitzt herum!

OLGA: So lass sie doch sitzen.

NATASCHA erstaunt: Was heißt sitzen lassen? Sie ist doch ein Dienstbote! – *Unter Tränen.* – Ich versteh' dich nicht, Olja. Ich habe eine Amme und eine Kinderfrau, wir haben ein Stubenmädchen, eine Köchin ... Was soll uns noch diese alte Person? Was soll sie?

Man hört die Feuerglocke.

OLGA: Ich bin heute Nacht um zehn Jahre älter geworden.

NATASCHA: Wir müssen darüber einig werden, Olga. Du bist im Gymnasium – und ich hier im Hause. Du hast mit dem Unterricht zu tun – und ich ... mit der Wirtschaft. Und wenn ich etwas über die Dienstboten sage, dann weiß ich, was ich sage. – *Keifend.* – Ich weiß, was ich sa-age! ... Dass mir das alte Weibstück morgen nicht mehr da ist, die alte Spitzbübin ... – *Sie stampft mit dem Fuße auf.* – Hexenpack! ... Reizt mich ja nicht! – *Sich plötzlich besinnend.* – Wahrhaftig, wenn du nicht nach unten ziehst, Olga, dann wird's immer Zank zwischen uns geben. Das ist ja schrecklich!

Kulygin tritt ein.

KULYGIN: Wo ist Mascha? Es ist Zeit, dass wir nach Hause gehen. Das Feuer lässt nach, wie es heißt. – *Streckt die Glieder.* – Nur ein Stadtviertel ist abgebrannt, und es war doch so starker Wind. Man dachte anfangs wirklich, die ganze Stadt würde dem Brand zum Opfer fallen. – *Setzt sich.* – Ich bin so müde. Meine liebe Oletschka ... Ich denke so manchmal: wenn Mascha nicht meine Frau wäre, dann würde ich dich heiraten, Oletschka. Du bist ein Prachtmädchen ... Ganz erschöpft bin ich. – *Horcht nach etwas hin.* –

OLGA: Was gibt's?

KULYGIN: Muss dieser Doktor sich gerade heute bekneipen! Einen mächtigen Rausch hat er. – *Erhebt sich.* – Ich glaube, er kommt herauf. Horch! Da ist er, da ... – *Lacht.* – Wirklich ein Mordskerl, der Alte ... Ich will mich verstecken. – *Tritt hinter ein Spind in die Ecke.* – Ein toller Bursche!

OLGA: Zwei Jahre lang hat er sich gehalten, und nun muss er sich auf einmal wieder betrinken.

Entfernt sich mit Natascha nach dem Hintergrunde des Zimmers. Tschebutykin tritt ein, er geht gerade, ohne zu schwanken; er durchschreitet das Zimmer, bleibt stehen, sieht sich um, geht dann an den Waschständer und wäscht sich die Hände.

TSCHEBUTYKIN *mürrisch:* Der Teufel soll sie alle holen ... Denken, ich bin ein Doktor und versteh' mich auf Krankheiten ... Und dabei hab' ich gar keine Ahnung, hab' alles vergessen, was ich wusste. Nichts weiß ich mehr, nicht das Geringste. – *Olga und Natascha entfernen sich, ohne dass er es bemerkt.* – Der Teufel soll das holen. Vorige Woche hab' ich drüben auf dem Eisenwerk eine Frau kuriert – natürlich ist sie gestorben, und ich bin schuld daran, dass sie gestorben ist, ja ... Vor fünfundzwanzig Jahren, da wusste ich wohl noch einiges, aber jetzt habe ich nicht 'nen Schimmer mehr, nicht 'nen blassen Schimmer. Wer weiß, vielleicht bin ich überhaupt kein Mensch, sondern tu' nur so, als ob ich Kopf, Arme und Beine hätte; vielleicht existier' ich gar nicht, vielleicht scheint es nur so, dass ich herumgehe, esse und schlafe. – *Weint.* – O, wenn ich doch gar nicht existierte! – *Hört auf zu weinen, finster.* – Weiß der Teufel ... Vorgestern unterhielten sie sich im Klub: von Shakespeare und Voltaire redeten sie. Ich habe nicht 'ne Zeile von beiden gelesen, und doch musste ich so tun, als ob ich sie gelesen hätte. Und die andern machen es ganz ebenso wie ich. Wie abgeschmackt! Wie gemein! Und diese Frau, die ich am Mittwoch ins Jenseits befördert habe – auch die fiel mir ein ... Alles, alles fiel mir ein, und es wurde mir so scheußlich, so widerlich, so katzenjämmerlich zu Mute ... Na, und da ging ich hin – und betrank mich ...

Irina, Werschinin und Tusenbach treten ein; letzterer trägt einen modernen Zivilanzug.

IRINA: Hier wollen wir bleiben, hierher kommt niemand.

WERSCHININ: Hätten die Soldaten nicht zugegriffen, dann wäre die ganze Stadt abgebrannt. Brave Kerle! – *Reibt sich zufrieden die Hände.* – Ein goldner Menschenschlag! Nein, was für brave Kerle!

KULYGIN kommt auf sie zu: Wie spät ist's, meine Herren?

TUSENBACH: Vier Uhr. Es wird schon hell.

IRINA: Alles sitzt im Saal, kein Mensch will gehen. – *Zu Tusenbach.* – Auch Ihr Ssoljony sitzt da ... – *Zu Tschebutykin.* – Sie sollten sich schlafen legen, Doktor.

TSCHEBUTYKIN: So ... Danke für den guten Rat. – *Kämmt seinen Bart.* –

KULYGIN lacht: Hat sich 'nen Affen gekauft, unser Iwan Romanytsch. – *Klopft dem Doktor auf die Schulter.* – Ein famoser Herr! In vino veritas, sagten die Alten.

TUSENBACH: Von allen Seiten werde ich bestürmt, ich möchte ein Konzert für die Abgebrannten veranstalten.

IRINA: Bin neugierig, wer darin auftreten sollte!
TUSENBACH: Es würden sich schon Leute finden. Ihre Schwester zum Beispiel, Maria Ssergejewna, spielt nach meiner Meinung famos Klavier.

KULYGIN: Ausgezeichnet spielt sie!

IRINA: Sie hat schon viel vergessen. Seit drei Jahren hat sie nicht mehr gespielt ... oder gar seit vieren!

TUSENBACH: Hier in der Stadt hat kein Mensch eine Ahnung von Musik ... nicht eine Seele. Ich aber habe ein Urteil darin, und ich versichere Sie, dass Maria Ssergejewna großartig spielt ...

54

KULYGIN: Sie haben recht, Baron. Ich liebe sie auch sehr, meine Mascha: Sie ist ein herrliches Geschöpf.

TUSENBACH: Es ist schmerzlich, bei solchem Können sich sagen zu müssen: »Niemand, niemand weiß dich zu würdigen.«

KULYGIN seufzt: Sehr richtig ... Aber schickt es sich auch für sie, in einem öffentlichen Konzert aufzutreten? – *Pause.* – Ich weiß nicht ... vielleicht ist es sogar sehr löblich. Ich muss gestehen, dass unser Direktor, der sonst ein so trefflicher und gescheiter Mann ist, in mancher Hinsicht etwas sonderbare Ansichten hat ... Natürlich geht ihn die Sache nichts an, aber wenn Sie es wünschen, kann ich ja mit ihm darüber reden.

Tschebutykin nimmt eine Porzellanuhr von ihrem Platz und betrachtet sie.

WERSCHININ besieht seine Kleider: Ganz schmutzig hab' ich mich gemacht bei dem Feuer – wie ich aussehe! – *Pause.* – Gestern hörte ich davon munkeln, dass unsere Brigade versetzt werden soll. Irgendwohin, sehr weit, die einen sagen nach Polen, die andern nach Ostsibirien.

TUSENBACH: Auch ich habe davon gehört. Dann wird's hier vollends öde werden.

IRINA: Und wir werden endlich von hier fortziehen!

TSCHEBUTYKIN lässt die Uhr fallen, die in Stücke geht: In Granatsplitter ... – *Pause; alle sind betroffen und ärgerlich.* –

KULYGIN nimmt die Stücke auf: Einen so kostbaren Gegenstand zu zerschlagen – ach, Iwan Romanytsch, Iwan Romanytsch! Sie verdienen im Betragen die Zensur »ungenügend«!

IRINA: Das ist die Uhr unsrer verstorbenen Mama ...

TSCHEBUTYKIN: Mag sein ... Ihrer verstorbenen Mama ... was geht das mich an? Vielleicht hab' ich sie gar nicht zerschlagen! Vielleicht scheint es nur so, dass ich sie zerschlagen habe. Vielleicht scheint es uns überhaupt nur, dass wir existieren, während wir in Wirklichkeit gar nicht existieren! Ich weiß gar nichts ... Kein Mensch weiß überhaupt was ... – *An der Tür.* – Was guckt ihr mich alle so an? Natascha hat eine Liebschaft mit Protopopow, und ihr seht nichts ... Ihr sitzt da und seht nichts – und Natascha kramt inzwischen mit Herrn Protopopow ... – *Summt eine Melodie.* – Na, wie schmeckt euch die Dattel? ... – *Ab.* –

WERSCHININ: Ja ... – *Lacht.* – Wie seltsam das doch alles ist! – *Pause.* – Als das Feuer ausbrach, lief ich so rasch wie möglich nach Hause, ich komme und sehe – unser Haus ist ganz und gar außer jeder Gefahr, aber meine beiden Töchter stehen in leichten Nachtgewändern an der Türschwelle, die Mutter ist nicht zu Hause, die Dienstboten rennen hin und her, Pferde und Hunde sind losgelassen, und auf den Gesichtern der armen Mädchen liegt ein so entsetzter, so banger, so flehender Ausdruck, was weiß ich; das Herz krampfte sich mir zusammen, als ich diese Gesichter sah. Mein Gott, dacht' ich, was werden diese armen Kinder in ihrem langen Leben noch durchzumachen haben! Ich nehme sie, eile mit ihnen fort und hab' immer nur den einen Gedanken: was werden sie noch durchzumachen haben auf dieser Welt? – *Pause.* – Und dann komm' ich hierher und finde hier ihre Mutter – sie schreit, sie wütet ... – *Mascha tritt ein, mit dem Kissen, und setzt sich auf den Diwan.* – Und wie ich dort meine Mädchen an der Türschwelle sah, im bloßen Nachtkleid, und die Straße ganz rot war vom Feuer und ringsum alles schrie und lärmte, da ging es mir durch den Kopf, wie oft wohl ähnliche Szenen damals, vor vielen, vielen Jahren passiert sein mögen, wenn der Feind unerwartet ins Land einfiel und sengte und plünderte ... Und da fiel mir so recht der Unterschied auf zwischen einst und jetzt. Und wenn nun noch eine Spanne Zeit vergeht, sagen wir zwei-, dreihundert Jahre, dann wird man auf unsere heutigen Zustände mit dem gleichen Gefühl des Entsetzens und mit spöttischem Lächeln zurückblicken, und alles, was uns heute vollendet scheint, wird man dann für plump und unbeholfen, für unpraktisch und absonderlich halten. O, was für ein herrliches Leben wird das dann sein, was für ein Leben! – *Lacht.* – Entschuldigen Sie nur, ich bin wieder ins Philosophieren geraten. Aber lassen Sie mich nur weiterreden, Herrschaften, ich bin gerade so im Zuge. – *Pause.* – Sie scheinen alle recht schläfrig. Ich sage also: was für ein Leben wird das sein! Machen Sie sich's doch einmal klar! Jetzt gibt's in der ganzen Stadt nur drei solche Menschen, wie Sie sind, aber die kommenden Geschlechter werden weit mehr solche Menschen aufzuweisen haben, immer mehr und mehr, und es wird eine Zeit kommen, in der alle so leben werden wie Sie – und schließlich wird auch Ihre Art als veraltet gelten, und es werden Menschen geboren werden, die noch höher stehen als Sie ... – *Er lacht.* – Heute bin ich wirklich in ganz besonderer Stimmung. Möcht' mal so recht über die Stränge schlagen ... – *Singt.* – »Wer mag ohn' Liebe sich begehn? Kein Alter kann ihr widerstehn! ...« – *Lacht.* –

MASCHA: Tram – tam – tam ...

WERSCHININ: Tam – tam ...

MASCHA: Tra – ra – ra!

WERSCHININ: Tra – ta – ta! – *Lacht.* –

Fedotik tritt ein.

FEDOTIK: Abgebrannt bin ich, total abgebrannt! Bis aufs letzte. – *Lacht.* –

IRINA: Was ist da zu lachen? Ist Ihnen wirklich alles verbrannt?

FEDOTIK lacht: Bis aufs letzte. Nichts hab' ich behalten. Meine Gitarre ist verbrannt, und mein fotografischer Apparat, und alle meine Briefe ... Ich wollte Ihnen ein Notizbuch schenken – auch das ist verbrannt.

Ssoljony tritt ein.

IRINA: Halt! Bitte, gehen Sie fort, Wassili Wassiljewitsch! Hier dürfen Sie nicht herein!

SSOLJONY: Warum darf denn der Baron rein – und ich nicht?

WERSCHININ: Wir müssen wirklich machen, dass wir fortkommen. Wie steht's denn mit dem Feuer?
SSOLJONY: Es heißt, dass es nachlässt. – Hm – ich muss mich wirklich darüber wundern, dass der Baron hier bleiben darf und ich nicht!

WERSCHININ: Tram – tam.

MASCHA: Tram – tam.

WERSCHININ lachend zu Ssoljony: Kommen Sie mit in den Saal.

SSOLJONY: Den Fall wollen wir uns notieren. Ich hätte Lust, der Sache auf den Grund zu gehen, aber es könnte die Gänse reizen. – *Sieht auf Tusenbach.* – Zip, zip, zip ... – *Ab mit Werschinin und Fedotik.* –
IRINA: Wie dieser Ssoljony die Stube vollgequalmt hat! ... – *Entrüstet.* – Der Baron schläft. Baron! Baron!

TUSENBACH erwachend: Ich bin so müde ... Die Ziegelei ... Nein, ich phantasiere nicht – ich werde mir wirklich nächstens in einer Ziegelei Arbeit suchen ... Hab' schon deshalb angefragt. – *Zu Irina, zärtlich.* – Sie sind so blass, so schön, so bezaubernd ... Ihre Blässe scheint das Dunkel zu erhellen wie das Licht ... Sie sind traurig, Sie sind unzufrieden mit dem Leben ... O, kommen Sie mit mir, lassen Sie uns gemeinsam arbeiten!

MASCHA: Nikolaj Lwowitsch, gehen Sie jetzt hier fort!

TUSENBACH: Sie sind hier? Ich habe Sie nicht gesehen ... – *Küsst Irina die Hand.* – Leben Sie wohl, ich gehe ... Ich sehe Sie an und erinnere mich, wie ganz anders Sie früher waren – damals zum Beispiel, an Ihrem Namenstag. So frisch und froh waren Sie, und nur von den Freuden der Arbeit sprachen Sie ... Was für ein glückliches Leben erträumte ich damals! Wo sind meine Träume? – *Er küsst ihr die Hand.* – Ich sehe Tränen in Ihren Augen. Legen Sie sich zur Ruhe, es wird bereits hell ... Der Morgen bricht an ... Könnt' ich doch mein Leben für Sie opfern!

MASCHA: Nikolaj Lwowitsch, gehen Sie jetzt! Nein, wirklich ...

TUSENBACH: Ich geh' schon ... – *Ab.* –

MASCHA sich niederlegend: Du schläfst, Fjodor?

KULYGIN: Wie?

MASCHA: Solltest lieber nach Hause gehen.

KULYGIN: Meine liebe Mascha, meine teure Mascha ...

IRINA: Lass sie ausruhen, Fedja, sie ist so erschöpft.

KULYGIN: Ich gehe gleich ... Meine Frau ist ein schönes, gutes Weib ... Ich liebe dich, meine Einzige ...

MASCHA ärgerlich: *Amo, amas, amat, amamus, amatis, amant.*

KULYGIN lacht: Nein, sie ist wirklich entzückend. Ich bin nun sieben Jahre mit dir verheiratet, und es ist mir, als ob wir uns erst gestern verlobt hätten. Mein Ehrenwort! Nein, du bist wirklich reizend. Ich bin zufrieden, zufrieden, zufrieden.

MASCHA: Und mir ist alles zuwider, zuwider, zuwider ... – *Sie richtet sich auf und spricht sitzend.* – Die Geschichte mit Andrej will mir nicht aus dem Sinn ... Einfach empörend finde ich das, wie ein Nagel sitzt es mir im Kopf, ich kann nicht schweigen. Verpfändet der Junge unser Haus in der Bank, und seine Frau nimmt das Geld einfach an sich. Das Haus gehört doch nicht ihm allein, sondern uns vier Geschwistern gemeinsam! Er muss das doch wissen, als anständiger Mensch ...

KULYGIN: Reg' dich darum nicht auf, Mascha: Was soll dir das Haus? Andrjuscha hat eben Schulden – na, dann in Gottes Namen ...

MASCHA: Jedenfalls ist sein Benehmen empörend. – *Sie legt sich nieder.* –

KULYGIN: Wir brauchen darum keine Not zu leiden. Ich arbeite, unterrichte im Gymnasium, gebe Privatstunden ... Ich bin ein einfacher, ehrlicher Mensch ... Omnia mea mecum porto, wie man sagt.

MASCHA: Ich brauche nichts weiter, aber die Ungerechtigkeit empört mich. – *Pause.* – Geh jetzt, Fjodor.

KULYGIN küsst sie: Du bist müde, ruh' ein halbes Stündchen aus, und ich warte so lange ... Schlaf nur ... – *Entfernt sich.* – Ich bin zufrieden, zufrieden, zufrieden. – *Ab.* –

IRINA: Mit unserm Andrej ist wirklich nichts mehr los. Er ist so fade geworden, so gealtert neben dieser Natascha. Früher schwärmte er davon, einmal Professor zu werden – und gestern prahlte er damit, dass er endlich zum Mitglied der Landschaftsverwaltung gewählt sei. Er ist Mitglied dieser Verwaltung, und Protopopow ist ihr Vorsitzender! ... Die ganze Stadt zischelt und lacht, nur er allein weiß von nichts und sieht nichts ... Alles ist zum Feuer gelaufen, und er hockt in seiner Stube und zeigt für nichts Teilnahme. Höchstens sein Geigenspiel interessiert ihn noch. – *Nervös.* – O, schrecklich, schrecklich, schrecklich! – *Sie weint.* – Ich kann das nicht länger ertragen! ... Ich kann nicht, kann nicht, kann nicht ... – *Olga tritt ein.* –

IRINA laut schluchzend: Werft mich hinaus, werft mich hinaus! Ich kann hier nicht länger bleiben.

OLGA bestürzt: Was ist denn mit dir, meine Liebe?

IRINA schluchzend: Wohin, wohin ist alles entschwunden? Wo ist es? O, mein Gott, mein Gott, ich – hab' alles vergessen! ... Ganz wirr ist mir im Kopfe ... Ich weiß nicht mehr, was das Fenster oder die Zimmerdecke auf italienisch heißt. Alles vergess' ich. Jeden Tag vergesse ich etwas. Das Leben entschwindet und kehrt niemals wieder. Niemals, niemals werden wir nach Moskau kommen. Ich sehe, dass wir nie hinkommen werden.

OLGA: Beruhige dich doch, meine Liebe.

IRINA sucht sich zu beherrschen: O ich Unglückliche ... Ich kann nicht arbeiten, werde nie arbeiten können. Genug, genug! Ich war Telegrafistin, jetzt bin ich in der städtischen Verwaltung angestellt – und ich hasse, ich verachte alles, was man mir nur zu tun gibt ... Ich bin vierundzwanzig Jahre alt, ich arbeite nun schon so lange, und was hab' ich erreicht? Mein Gehirn ist wie ausgetrocknet, ich bin abgemagert, verdummt, gealtert, und nichts, nicht die geringste Befriedigung hab' ich in meiner Arbeit gefunden. Die Zeit entflieht so rasch, und es ist mir, als ob ich mich von dem wahren, wirklich schönen Leben immer mehr entferne – als ob ich in einen Abgrund versinke. Ich bin ganz verzweifelt – dass ich noch lebe, dass ich noch nicht Selbstmord begangen habe, ist mir unbegreiflich ...

OLGA: Weine nicht, mein Herzchen, weine nicht, du machst mir das Herz so schwer ...

IRINA: Ich will auch nicht mehr weinen. Genug ... Siehst du, ich weine wirklich nicht mehr. Genug, genug!

OLGA: Als Schwester, als Freundin sage ich's dir, mein Kind, wenn du meinen Rat hören willst, heirate den Baron! – *Irina weint.* –

OLGA leise: Es ist doch ein Mann, den du achten und schätzen kannst ... Er ist allerdings nicht hübsch, aber er ist so ordentlich und hält auf sich ... Man heiratet doch nicht aus Liebe, sondern um seine Pflicht zu erfüllen ... Ich wenigstens denke so, ich würde auch ohne Liebe heiraten. Jeden, der mich haben will, würde ich nehmen, wenn's nur ein ordentlicher Mensch ist ... Selbst einen Alten würde ich nicht abweisen _.

IRINA: Ich dachte immer, wenn wir nach Moskau ziehen, würde ich den mir vom Schicksal Bestimmten finden – ich habe von ihm geschwärmt, hab' ihn im Traume geliebt ... Es waren eben Träume, Hirngespinste ...

OLGA umarmt die Schwester: Meine liebe, meine schöne Schwester, ich kann alles verstehen! Als der Baron damals den Dienst quittierte und das erste Mal in Zivil zu uns kam, erschien er mir so hässlich, dass ich sogar weinte ... Er fragte mich: »Warum weinen Sie?« Was sollte ich ihm sagen? Wenn's aber Gott so fügte, dass er dich heiratet, dann wäre ich glücklich. Das ist etwas anderes, etwas ganz anderes ...

Natascha geht schweigend mit einer brennenden Kerze über die Bühne, von der rechten Tür nach der linken.

MASCHA richtet sich auf: Wie sie umherschleicht, als ob sie das Haus anzünden wollte!

OLGA: Du bist dumm, Mascha. In unserer ganzen Familie bist du die Dümmste. Nimm's nicht übel, aber es ist so. – *Pause.* –

MASCHA: Ich muss euch etwas beichten, liebe Schwestern. Es liegt mir so schwer auf der Seele. Euch will ich's beichten, und sonst keinem Menschen, niemals ... Ich sag's euch gleich. – *Leise.* – Es ist mein Geheimnis, aber ihr sollt alles wissen ... Ich kann's nicht verschweigen ... – *Pause.* – Ich liebe, liebe ... ich liebe diesen Menschen ... Ihr habt ihn eben gesehen ... Na, mit einem Wort, ich liebe Werschinin ...

OLGA geht hinter ihren Bettschirm: Schweig! Ich will nichts hören.

MASCHA: Was soll ich dazu tun? – *Fasst sich an den Kopf.* – Er schien mir anfangs ein Sonderling, dann hatte ich Mitleid mit ihm ... Dann gewann ich ihn lieb ... ihn samt seiner Stimme, seinen langen Reden, seinem Unglück, seinen beiden Mädchen ...

OLGA hinter dem Bettschirm: Ich habe nichts gehört. Erzähl' so viel Dummheiten, wie du willst, ich höre gar nichts.

MASCHA: Ach, du bist dumm, Olga. Es ist eben mein Schicksal, dass ich ihn liebe, mein Verhängnis ... Und er liebt mich wieder ... Das alles ängstigt mich so. Es ist unrecht, nicht wahr? – *Sie fasst Irinas Hand und zieht sie an sich.* – O, meine

Lieben, wie wird's uns noch ergehen im Leben! Was wird aus uns noch werden?... Wenn du einen Roman liest, dann scheint dir alles darin so abgedroschen, so banal. Aber wenn du dich selbst verliebst, dann siehst du erst, wie ernst die Sache ist. Unsinn ist's, was diese Romanschreiber von der Liebe faseln. Man muss so etwas erst selbst durchkämpfen. Meine lieben, guten Schwestern ... ich hab's euch gebeichtet. Jetzt werde ich schweigen ... Wie der Verrückte bei Gogol kenne ich nichts als ... Schweigen ... Schweigen ... – *Andrej tritt auf, hinter ihm Ferapont.* –

ANDREJ ärgerlich: Was willst du eigentlich?

FERAPONT in der Tür, ungeduldig: Ich hab's Ihnen doch schon zehnmal gesagt, Andrej Ssergejewitsch!

ANDREJ: Erstens heiße ich für dich nicht Andrej Ssergejewitsch, sondern Euer Hochwohlgeboren.

FERAPONT: Also, Euer Hochwohlgeboren, die Feuerwehr lässt bitten, dass Sie ihr erlauben, durch Ihren Garten nach dem Flusse zu fahren. Sonst müssen sie immer im Bogen herumfahren und ihre Zeit vertrödeln.

ANDREJ: Meinetwegen. Sag' ihnen, ich hätte nichts dagegen. – *Ferapont ab.* –

ANDREJ: Der Kerl hat mich was gequält. Wo ist Olga? – *Olga kommt hinter dem Bettschirm hervor.* – Ich bin zu dir gekommen ... Gib mir doch den Schlüssel vom Schrank, ich habe meinen verloren. Du hast doch so einen kleinen Schlüssel ... – *Olga reicht ihm schweigend den Schlüssel; Irina geht hinter ihren Bettschirm; Pause.* –

ANDREJ: Was für ein furchtbares Feuer! Jetzt hat es sich gelegt ... Weiß der Teufel, dieser Ferapont hat mich zu sehr erbost. Was für eine Dummheit sagte ich ihm da ... »Euer Hochwohlgeboren«?! – *Pause.* – Warum schweigst du denn, Olga? – *Pause.* – 's ist endlich Zeit, diese Dummheiten zu lassen ... Wie kann man so um nichts und wider nichts schmollen? Auch Mascha und Irina sind da – das trifft sich gerade gut. Wir wollen uns gründlich aussprechen, ein für allemal. Was habt ihr gegen mich? Was?

OLGA: Lass uns in Ruhe, Andrej: Morgen können wir uns aussprechen. – *Erregt.* – Was für eine qualvolle Nacht!

ANDREJ: Reg' dich nicht auf. Ich frage euch ganz kühl: was habt ihr gegen mich? Redet ohne Umschweife!

WERSCHININS STIMME: Tram – tam – tam!

MASCHA erhebt sich, laut: Tra – ta – ta! – *Zu Olga.* – Leb' wohl, Olja. Der Herr behüte dich! – *Geht hinter Irinas Bettschirm und küsst sie.* – Schlaf sanft! Leb' wohl. Andrej! Geh jetzt, sie sind müde ... Morgen könnt ihr euch aussprechen. – *Ab.* –

OLGA: Wirklich, Andrjuscha, lass es bis morgen ... – *Geht hinter ihren Bettschirm.* – Lass uns endlich schlafen gehen.

ANDREJ: Ich geh' gleich. Nur ein paar Punkte möcht' ich erwähnen ... Erstens scheint es mir, dass ihr gegen Natascha etwas habt, und zwar bemerkte ich das schon seit dem Tage meiner Hochzeit. Meine Frau ist ein braver, edler Charakter, einfach und treuherzig – das ist meine Meinung. Ich liebe und achte meine Frau – und ich verlange, dass auch andere sie achten. Ich wiederhole, sie ist ein edler, braver Charakter, und alle eure Ausstellungen sind, verzeiht mir das Wort, einfach Launen, altjüngferliche Schrullen. Alte Jungfern können sich eben nie mit ihren Schwägerinnen vertragen, das ist immer so gewesen. – *Pause.* – Zweitens scheint ihr euch darüber zu ärgern, dass ich nicht Professor geworden bin, nicht wissenschaftlich arbeite. Aber dafür bin ich doch in der Landschaft, und diesen Dienst halte ich für ebenso hehr und heilig wie den Dienst der Wissenschaft. Ich bin Mitglied der Landschaftsverwaltung, und ich bin stolz darauf, wenn ihr es wissen wollt ... – *Pause.* – Und drittens ... hätt' ich noch eins zu erwähnen ... Ich habe das Haus verpfändet, ohne euch um Erlaubnis zu fragen ... Hier bin ich im Unrecht und bitte euch um Verzeihung. Meine Schulden haben mich dazu getrieben ... Fünfunddreißigtausend ... Jetzt spiel' ich nicht mehr, schon lange nicht. Wenn ich nach einer Rechtfertigung suche, so ist's höchstens die, dass ich nicht, wie ihr vom schönen Geschlecht, nach Papas Tode eine Pension bezog ... – *Pause.* –

KULYGIN spricht zur Tür hinein: Ist Mascha da? – *Besorgt.* – Wo ist sie denn? Das ist doch seltsam ...

ANDREJ: Sie hören nicht. Natascha ist ein ausgezeichnetes, braves Weib. – *Geht schweigend auf und ab und bleibt dann stehen.* – Als ich heiratete, dachte ich, es würde zum Glück für uns sein ... für uns alle ... Aber, du mein Gott ... – *Weint.* – Meine lieben Schwestern, teure Schwestern – glaubt mir nicht, glaubt mir nicht! – *Ab.* –

KULYGIN in der Tür, unruhig: Wo ist Mascha? Ist Mascha nicht hier? Wie merkwürdig ... – *Ab.* –

Sturmgeläut; die Bühne ist leer.

IRINA hinter dem Bettschirm: Olja, wer klopft denn da gegen den Fußboden?

OLGA: Der Doktor ist's, er scheint noch betrunken zu sein.

62

IRINA: Was für eine tolle Nacht! – *Pause.* – Olja! – *Guckt hinter dem Bettschirm hervor.* – Hast du gehört? Die Brigade kommt fort von hier. Sie wird irgendwohin verlegt, ganz weit weg ...

OLGA: Das sind wohl nur Gerüchte.

IRINA: Wir sind dann ganz verlassen ... Olga!

OLGA: Nun?

IRINA: Meine Liebe, Teure – ich achte und schätze den Baron. Er ist ein trefflicher Mensch, ich will ihn heiraten, bin einverstanden – aber wir müssen nach Moskau ziehen. Ich flehe dich an, lass uns hinziehen! Es gibt auf der ganzen Welt nichts Schöneres als Moskau. Lass uns hinziehen, Olja, lass uns hinziehen! ...

– Vorhang. –

Vierter Akt

Alter Garten neben dem Prosorowschen Hause. Eine lange Tannenallee, an deren Ende der Fluss sichtbar ist. Jenseits des Flusses Wald. Rechts die Terrasse des Hauses. Zwölf Uhr mittags. Von der Straße nach dem Flusse gehen ab und zu Passanten durch den Garten. – Tschebutykin, in gemütlicher Stimmung, die ihn den ganzen Akt hindurch nicht verlässt; sitzt mit Mütze und Stock in einem Sessel im Garten, als ob er wartete, bis man ihn ruft. Irina, Kulygin, ohne Schnurrbart, mit einem Orden um den Hals und Tusenbach stehen auf der Terrasse und geben Fedotik und Rode das Geleit; diese, in Felduniform, gehen langsam die Terrasse hinunter. Später im Hintergrunde Mascha.

TUSENBACH *küsst Fedotik:* Sie sind ein trefflicher Mensch, wir haben uns so gut vertragen. – *Küsst auch Rode.* – Noch einmal ... Leben Sie wohl, mein Teurer ...

IRINA: Auf Wiedersehen.

FEDOTIK: Nicht auf Wiedersehen, sondern: Lebewohl für immer! Wir werden uns nie mehr sehen.

KULYGIN: Wer weiß! – *Wischt sich die Augen und lächelt.* – Auch ich fang' an zu weinen.

IRINA: Irgendeinmal werden wir uns schon begegnen.

FEDOTIK: In zehn, fünfzehn Jahren vielleicht. Aber dann werden wir einander kaum wiedererkennen, uns höchstens kalt grüßen ... – *Fotografiert sie.* – Bleiben Sie stehen ... zum allerletzten mal!

RODE *umarmt Tusenbach:* Wir werden uns nie wiedersehen ... – *Küsst Irinas Hand.* – Meinen Dank für alles, für alles!

FEDOTIK *ärgerlich:* So wart' doch!

TUSENBACH: Vielleicht führt uns Gott doch wieder zusammen. Schreiben Sie an uns – schreiben Sie ganz bestimmt!

RODE *lässt seinen Blick über den Garten schweifen:* Lebt wohl, ihr Bäume! – *Schreit.* – Hopp hopp! – *Pause.* – Leb' auch du wohl, liebes Echo!

KULYGIN: Vielleicht verheiraten Sie sich dort in Polen ... mit einer Polin! Ihre Gattin wird Sie zärtlich umarmen und Sie »Kochany« nennen. – *Er lacht.* –

FEDOTIK sieht auf die Uhr: Wir haben kaum noch eine Stunde Zeit. Von unsrer Batterie fährt nur Ssoljony auf der Barke mit, wir andern marschieren mit dem Gros. Heute rücken drei Batterien aus, die halbe Division, und morgen wieder drei – dann wird es hier still und einsam werden.

TUSENBACH: Und schrecklich langweilig.

RODE: Wo ist denn Maria Ssergejewna?

KULYGIN: Mascha ist im Garten.

FEDOTIK: Ich möchte mich von ihr verabschieden.

RODE: Lebt wohl, wir müssen gehen, sonst fang' ich noch an zu plärren. – *Umarmt rasch Tusenbach und Kulygin, küsst Irina die Hand.* – Ein famoses Leben haben wir hier geführt ...

FEDOTIK zu Kulygin: Hier ein kleines Andenken für Sie, ein Notizbuch mit Bleistift ... Wir gehen hier hinunter, nach dem Flusse zu ... – *Sie entfernen sich und sehen sich dabei um.* –

RODE schreit: Hopp hopp!

KULYGIN schreit: Lebt wohl! – *Im Hintergrunde treffen Fedotik und Rode mit Mascha zusammen und verabschieden sich von ihr; sie geht hinter ihnen her.* –

IRINA: Nun sind sie fort ... – *Setzt sich auf die unterste Stufe der Terrasse.* –

TSCHEBUTYKIN: Und von mir haben sie keinen Abschied genommen!

IRINA: Warum haben Sie sich nicht gemeldet?

TSCHEBUTYKIN: Hab's ganz vergessen. Übrigens seh' ich sie ja bald wieder, morgen marschier' ich ab. Ja ... Noch ein Tag bleibt mir. Übers Jahr bekomm' ich den Abschied, dann zieh' ich wieder hierher und bringe den Rest meiner Tage hier bei Ihnen zu ... Nur ein Jahr fehlt mir noch, dann werde ich pensioniert ... – *Steckt die Zeitung in die Tasche und zieht eine andere heraus.* – Und wenn ich dann hier bei Ihnen bin, ändere ich meine Lebensweise radikal ... So still, so fromm, so ehrbar will ich werden ...

IRINA: 's wär' auch Zeit, liebes Doktorchen, dass Sie Ihre Lebensweise ändern!

TSCHEBUTYKIN: Ja. Ich fühl' es selbst. – *Singt leise vor sich hin.* – Tarara-bumbia ... sei nur kein Lump ja ...

KULYGIN: Unser Doktor ist unverbesserlich, unverbesserlich.

TSCHEBUTYKIN: Ich müsste nochmal zu Ihnen in die Schule gehen. Vielleicht bessere ich mich dann.

IRINA: Fjodor hat sich den Bart abnehmen lassen. Ich kann ihn nicht ansehen.

KULYGIN: Warum denn?

TSCHEBUTYKIN: Ich könnte Ihnen schon sagen, womit Ihre Physiognomie jetzt Ähnlichkeit hat, aber ich wage es nicht.

KULYGIN: Es ist mal bei uns so Usus. Der Direktor trägt keinen Schnurrbart – also hab' auch ich meinen Schnurrbart wegrasieren lassen, als ich Inspektor wurde. Alle Welt findet es abscheulich, aber ich mache mir nichts draus. Ich bin zufrieden. Ob ich einen Schnurrbart trage oder nicht – ich bin stets zufrieden ... – *Setzt sich.* –

Im Hintergrund der Bühne schiebt Andrej einen Wagen mit einem schlafenden Kind.

IRINA: Iwan Romanowitsch, mein Liebster, Bester – ich bin in solcher Unruhe! Sie waren gestern auf der Promenade – sagen Sie, was ist da vorgefallen?

TSCHEBUTYKIN: Was vorgefallen ist? Nichts. Dummes Geschwätz. – *Liest die Zeitung.* –

KULYGIN: Man erzählt sich, dass Ssoljony und der Baron gestern auf der Promenade, in der Nähe des Theaters, ein Rencontre hatten ...

TUSENBACH: Hören Sie auf! Gar nichts ist vorgefallen ... – *Winkt mit der Hand ab und geht ins Haus.* –

KULYGIN: In der Nähe des Theaters ... Ssoljony benahm sich zudringlich gegen den Baron, und der konnte nicht an sich halten und sagte ihm irgendetwas Beleidigendes ...

TSCHEBUTYKIN: Ich weiß nichts. Alles dummes Geschwätz.

KULYGIN: Es heißt, dass Ssoljony in Irina verliebt ist und den Baron hasst ... Dass Irina auf ihn Eindruck gemacht hat, kann ich schon begreifen – sie ist ein sehr schönes Mädchen. Sie ist sogar Mascha ähnlich, ebenso ernst veranlagt ist sie. Nur ist dein Charakter sanfter, Irina. Übrigens hat auch Mascha einen sehr guten Charakter. Ich liebe sie, meine Mascha ...

Im Hintergrund des Gartens, hinter der Szene, ertönen Rufe: A-uh! Hopp hopp!

IRINA fährt zusammen: Ich weiß nicht, mich erschreckt heute alles. – *Pause.* – Ich habe schon alles vorbereitet, nach dem Mittagessen schicke ich meine Sachen fort. Morgen lasse ich mich mit dem Baron trauen, dann fahren wir gleich nach der Ziegelei, und übermorgen bin ich schon in meiner Schule – ein neues Leben beginnt. Gott wird mir schon weiterhelfen! Wie ich mein Lehrerinnen-Examen ablegte, weinte ich vor Freude und Rührung ... – *Pause.* – Gleich muss der Fuhrmann wegen meinen Sachen kommen.

KULYGIN: So, so – das ist alles sehr schön, nur ist's wohl nicht ernst zu nehmen. Nichts weiter als Ideen und wenig Ernst dahinter. Im übrigen wünsch' ich dir von Herzen Glück.

TSCHEBUTYKIN zärtlich: Mein liebes, herziges Kind ... meine Goldene! Ihr seid recht weit vorgeschritten ... Man kann euch wirklich nicht einholen! ... Bin hinter euch zurückgeblieben, wie ein Kranich, der alt geworden ist und nicht mehr fliegen kann ... Fliegt, meine Lieben, fliegt mit Gott! – *Pause.* – Schade, Fjodor Iljitsch, dass Sie sich den Schnurrbart haben abrasieren lassen.

KULYGIN: Hören Sie endlich auf!

TSCHEBUTYKIN: Jetzt wird Ihre Frau vor Ihnen Angst haben.

KULYGIN: Durchaus nicht. Heute marschieren sie ab, und alles wird wieder sein wie früher. Was man auch reden mag, Mascha ist eine brave, gute Frau. Ich liebe sie sehr und preise mein Geschick ... Das Schicksal der Menschen ist so verschieden ... Hier dient bei der Akzise ein gewisser Kosyrew, der hat mit mir zusammen die Schule besucht, musste aber schon aus der fünften Klasse des Gymnasiums abgehen, weil er das *ut consecutivum* durchaus nicht begreifen konnte. Es geht ihm recht kläglich. Er ist krank, und wenn ich ihn treffe, begrüße ich ihn jedes Mal: »Guten Tag, *ut consecutivum!*« – »Ja«, meint er, »gerade das *consecutivum*« – und er hustet dabei! ... Und mir ist's mein ganzes Leben lang gut gegangen, ich bin glücklich, habe sogar den Stanislausorden zweiter Klasse und bringe jetzt andern das *ut consecutivum* bei. Ich bin allerdings ein verständiger Mensch – verständiger als sehr viele andere, aber schließlich beruht auch darin nicht das Glück ... – *Pause.* – 's ist eben alles unbegreiflich ... hier auf dieser Welt ...

Im Hause wird auf dem Klavier das »Gebet der Jungfrau« gespielt.

IRINA: Morgen Abend werde ich nicht mehr dieses »Gebet der Jungfrau« hören, nicht mehr Herrn Protopopow hier im Haus begegnen ... – *Pause.* – Er sitzt wieder drinnen im Wohnzimmer. Auch heute ist er gekommen.

KULYGIN: Ist die Vorsteherin nicht da?

IRINA: Nein, aber man hat nach ihr geschickt. Wenn ihr doch wüsstet, wie schwer es mir wird, hier so ganz allein, ohne Olga, zu leben! Sie wohnt jetzt im Gymnasium, ist Vorsteherin, hat den ganzen Tag zu tun – und ich bin hier ganz verlassen, langweile mich, habe keine Beschäftigung und hasse das Zimmer, in dem ich wohne ... Ich bin nun schon entschlossen, wenn's einmal nichts sein soll mit Moskau – gut, dann ergebe ich mich drein. Dann ist's eben mein Schicksal, gegen das ist nicht anzukämpfen ... Alles liegt in Gottes Hand. Nikolaj Lwowitsch hat mir einen Antrag gemacht ... Ich überlegte es mir – und schlug ein ... Er ist ein braver Mensch, ganz ungewöhnlich brav ist er ... Und mit einem Mal ist mir, als ob meiner Seele Flügel gewachsen wären. Ich bin heiterer geworden, so leicht wurde mir ums Herz, und ich verspürte wieder Lust zur Arbeit ... Gestern aber ist irgend etwas passiert, irgendein Geheimnis schwebt drohend über mir ...

TSCHEBUTYKIN: Dummes Geschwätz!

NATASCHA ruft zum Fenster hinaus: Die Vorsteherin!

KULYGIN: Ah, die Vorsteherin ist gekommen! Wir wollen hineingehen. – *Ab mit Irina ins Haus.* –

TSCHEBUTYKIN sieht in die Zeitung, für sich: Ja, was du auch einwenden magst, Iwan Romanowitsch – 's ist längst Zeit, dass du deine Lebensweise änderst ... Tara-ra-bumbia ... sei nur kein Lump ja!

> *Natascha kommt auf ihn zu, aus dem Hintergrund. Andrej schiebt einen Kinderwagen heran.*

MASCHA: Da sitzt er nun und sitzt ...

TSCHEBUTYKIN: Und was weiter?

MASCHA: Nichts ... – *Pause.* – Sie haben meine Mutter geliebt?

TSCHEBUTYKIN: Sehr.

MASCHA: Hat sie Sie auch geliebt?

TSCHEBUTYKIN nach einer Pause: Das weiß ich nicht mehr.

MASCHA: Ist der Meinige hier? So nannte unsere frühere Köchin Marfa ihren Polizeiwachtmann: »der Meinige«. Also, ist der Meinige da?

TSCHEBUTYKIN: Noch nicht.

MASCHA: Wenn man das Glück nur so brockenweise genießt wie ich und es dann verliert, kann man wirklich so grob und boshaft werden wie eine Köchin ... – *Zeigt auf ihre Brust.* – Hier drinnen kocht es ... Wen ich mal gehörig durchprügeln möchte, das ist unser Brüderchen Andrjuschka. Diese Vogelscheuche! Alle Hoffnungen hat er uns vernichtet. Wie eine Glocke kommt er mir vor, die wer weiß wie viel Mühe und Geld kostet und plötzlich, während tausend andächtige Menschen sie hochheben, herunterstürzt und in Stücke geht. Ganz plötzlich, mir nichts, dir nichts!

Andrej kommt mit seinem Kinderwagen an.

ANDREJ: Wann wird's denn endlich im Hause ruhig werden? Dieser Lärm!

TSCHEBUTYKIN: Bald wird's ganz ruhig werden. – *Sieht auf die Uhr.* – Eine spaßige Uhr hab' ich, mit einem Schlagwerk ... – *Lässt die Uhr schlagen.* – Die erste, zweite und fünfte Batterie marschieren in einer Stunde. – *Pause.* – Und ich ziehe morgen ab.

ANDREJ: Für immer?

TSCHEBUTYKIN: Ich weiß nicht, vielleicht komm' ich in einem Jahr wieder.

Man hört irgendwo in der Ferne Harfen- und Geigenspiel.

ANDREJ: Es wird still werden in der Stadt, als wenn ihr jemand eine Schlafmütze aufgesetzt hätte. – *Pause.* – Gestern soll irgendwas passiert sein, in der Nähe des Theaters ... Alle reden davon, nur ich weiß von gar nichts.

TSCHEBUTYKIN: 's ist nichts weiter, Dummheiten sind's. Ssoljony benahm sich zudringlich gegen den Baron, und dieser wurde hitzig und beleidigte ihn. Schließlich kam es so weit, dass Ssoljony ihn forderte. – *Sieht nach der Uhr.* – Ich dachte, es wäre schon Zeit ... Um halb eins geht's los, dort drüben im Wäldchen, jenseits des Flusses ... Piff – paff! – *Lacht.* – Ssoljony bildet sich ein, dass er Lermontow sei und sogar Verse schreibe. Aber Spaß beiseite – 's ist schon sein drittes Duell!

MASCHA: Von wem reden Sie?

TSCHEBUTYKIN: Von Ssoljony.

MASCHA: Und der Baron?

TSCHEBUTYKIN: Was, der Baron? – *Pause.* –

MASCHA: Mir ist ganz wirr im Kopf ... Man sollte es doch zu verhindern suchen! Wie leicht kann er den Baron verwunden oder gar töten!

TSCHEBUTYKIN: Der Baron ist ein prächtiger Junge, aber ein Baron mehr oder weniger – was kommt's darauf an? Lassen wir sie.

Vom Flussufer wird gerufen: »A-uh! Hopp hopp!«

TSCHEBUTYKIN: Kannst warten. Das ist Skworzow, der Sekundant. Er sitzt schon im Boot. – *Gähnt. –*

ANDREJ: Nach meiner Ansicht ist es einfach unsittlich, an einem Duell teilzunehmen, sei es auch nur als Arzt.

TSCHEBUTYKIN: Das scheint nur so ... Wir existieren ja gar nicht, es existiert überhaupt nichts in der Welt ... Es scheint nur so, dass wir da sind.

MASCHA: Hier in dem Nest kennt man nichts weiter als Klatschen und Klatschen ... Das abscheuliche Klima und dieses Geklatsche dazu ... es kann einem wirklich das Leben verleiden. – *Bleibt stehen.* – Ich geh' nicht ins Haus ... Ich kann nicht dahin gehen ... Wenn Werschinin kommt, sagen Sie es mir ... – *Geht die Allee hinunter.* – Die Zugvögel sind schon unterwegs ... – *Schaut nach oben.* – Wilde Schwäne oder Gänse ... Fliegt, meine Lieben, meine Glücklichen ... – *Ab.* –

ANDREJ: Das Haus wird bald ganz leer werden. Die Offiziere sind fort, Sie, Doktor, verlassen uns, die Schwester heiratet – und ich bleibe ganz allein in dem Haus.

TSCHEBUTYKIN: Und deine Frau?

Ferapont kommt mit Aktenstücken.

ANDREJ: Meine Frau ... ist meine Frau, sie ist brav und ordentlich – na, und auch gut. Aber bei alledem ist etwas so Kleinliches, Ruppiges, Boshaftes in ihr, das sie zum Tier erniedrigt. Vom besseren Menschen hat sie nur wenig an sich. Vielleicht bin ich ungerecht – meinetwegen! Ich spreche zu Ihnen wie zu einem Freund – Sie sind der einzige Mensch, dem ich anvertrauen kann, was in meiner Seele vorgeht. Ich liebe Natascha, gewiss – aber manchmal scheint sie mir so überaus gemein, und dann bin ich ganz fassungslos und kann nicht begreifen, warum ich sie nur liebe – oder wenigstens geliebt habe ...

TSCHEBUTYKIN erhebt sich: Ich breche morgen auf, meine Lieben. Vielleicht sehen wir uns nie mehr wieder. Hör' also meinen Rat, setz' deinen Hut auf, nimm den Stock in die Hand und mach' dich aus dem Staub! Mach' dich aus dem Staub und geh, geh, ohne zurückzuschauen – und je weiter du weggehst, desto besser ...

Ssoljony geht im Hintergrund der Szene mit zwei Offizieren vorüber; sobald er Tschebutykin erblickt, kommt er auf ihn zu; die Offiziere gehen weiter.

SSOLJONY: Doktor, es ist Zeit! Es ist schon halb eins. – *Begrüßt Andrej, der den Kinderwagen vor sich herschiebt.* –

TSCHEBUTYKIN: Sofort. Ich hab' euch alle im Magen. – *Zu Andrej.* – Wenn jemand nach mir fragt, Andrjuscha, dann sag', ich würde gleich wieder da sein. – *Seufzt.* – Oho – ho – ho!

SSOLJONY: »Kaum hatte er noch ach! gesagt, als ihn der Bär am Halse packt.« – *Geht mit Tschebutykin.* – Was ächzen Sie denn so, Alter?

TSCHEBUTYKIN: Ach, lasst mich!

SSOLJONY: Sind wohl nicht recht auf dem Posten?

TSCHEBUTYKIN ärgerlich: Still – sonst gibt's was heraus!

SSOLJONY: Seht doch, wie der Alte sich aufregt! Ich tu' ihm ja weiter nichts, nur etwas anschießen werde ich ihn, wie 'ne Waldschnepfe. – *Zieht ein Parfümfläschchen heraus und besprengt damit seine Hände.* – Ein ganzes Flakon hab' ich schon verbraucht, und sie riechen noch immer. Nach Leichen riechen sie. – *Pause.* – Erinnern Sie sich der Verse: »Er aber sucht die wilden Stürme, als ob im Sturm der Friede wohnt«?

TSCHEBUTYKIN: Ja. »Kaum hatte er noch ach! gesagt, als ihn der Bär am Halse packt.« – *Ab mit Ssoljony.* –

Man hört rufen: »Hopp hopp! A-uh!« Andrej kommt in den Vordergrund der Bühne, mit ihm Ferapont.

FERAPONT: Hier sind Papiere zu unterschreiben ...

ANDREJ nervös: Lass mich in Ruhe! Lass mich! Ich bitte dich! – *Ab mit dem Kinderwagen.* –

FERAPONT: Dazu sind doch die Papiere da, dass sie unterschrieben werden! – *Ab in den Hintergrund der Bühne.* –

Irina kommt, mit ihr Tusenbach im Strohhut und Kulygin, der über die Bühne schreitet und ruft: »A-uh! Mascha, a-uh!«

TUSENBACH hinter dem forteilenden Kulygin her: Ich glaube, das ist der einzige

Mensch in der Stadt, der sich über den Abmarsch der Garnison freut.

IRINA: Das lässt sich begreifen. – *Pause.* – Unsere Stadt wird jetzt ganz veröden.

TUSENBACH: Ich muss nun einen Augenblick fort, meine Liebe – bin aber bald wieder zurück.

IRINA: Wohin willst du?

TUSENBACH: Ich muss in die Stadt ... muss den Kameraden das Geleit geben.

IRINA: Es ist nicht wahr ... Warum bist du heute so zerstreut, Nikolaj? – *Pause.* – Was ist gestern vor dem Theater passiert?

TUSENBACH mit einer ungeduldigen Bewegung: In einer Stunde bin ich wieder bei dir. – *Er küsst ihr die Hand.* – Du meine Schöne ... nicht sattschauen kann ich mich an dir! – *Sieht ihr ins Gesicht.* – Mehr als fünf Jahre schon liebe ich dich, und noch immer ist es mir so ungewohnt, und immer schöner erscheinst du mir. Was für ein herrliches, wundervolles Haar! Was für Augen! Ich bringe dich morgen fort von hier, wir werden arbeiten, werden so reich sein, meine Träume werden sich verwirklichen. Du wirst glücklich sein. Nur das eine, das eine, du liebst mich nicht ...

IRINA: Das liegt nicht in meiner Macht. Ich werde deine Frau sein, werde dir treu und gehorsam sein – aber Liebe ist nicht da, was soll ich dagegen tun? – *Sie weint.* – Ich habe nie in meinem Leben geliebt. O, ich habe geträumt von Liebe, schon lange, lange, Tag und Nacht, aber meine Seele ist wie ein teures Piano, das verschlossen ist, und dessen Schlüssel man verloren hat. – *Pause.* – Du blickst so ruhelos ...

TUSENBACH: Ich habe die ganze Nacht nicht geschlafen. Es gibt in meinem Leben nichts das mich beunruhigt – nur dieser verlorene Schlüssel peinigt meine Seele und raubt mir den Schlaf ... Sag' mir doch irgendetwas ... – *Pause.* – Sag' mir irgendwas ...

IRINA: Was? Was soll ich dir sagen? Was?

TUSENBACH: Irgendwas.

IRINA: Lass gut sein! Lass gut sein! – *Pause.* –

TUSENBACH: Wie doch oft eine Lappalie, eine alberne Kleinigkeit plötzlich mir nichts, dir nichts, im Leben Bedeutung gewinnen kann! Sie erscheint dir immer noch als Lappalie, immer noch lachst du über sie, und doch fühlst du deutlich, dass du ihr gegenüber machtlos bist. Aber nicht davon wollen wir jetzt reden. Mir ist so froh ums Herz. Ich sehe gleichsam zum ersten Mal im Leben diese Tannen, diese Birken und Ahorne, und alles schaut mich so neugierig, so erwartungsvoll an. Was für prächtige Bäume, wie schön muss das Leben hier in ihrer Nähe sein! – *Ein Ruf ertönt* – »*A-uh! Hopp hopp!*« Man ruft – ich muss gehen. Es ist Zeit ... Dort der Baum ist vertrocknet – aber er schwankt immer noch im Winde, gemeinsam mit den andern. So werde auch ich, wenn ich sterbe, auf die eine oder andere Weise am Leben teilnehmen. Lebe wohl, meine Liebe ... – *Küsst ihr die Hände.* – Deine Papiere, die du mir übergeben hast, liegen bei mir auf dem Tisch, unter dem Kalender.

IRINA: Ich will mit dir gehen.

TUSENBACH erregt: Nein, nein! – *Geht rasch davon, bleibt in der Allee stehen.* – Irina!

IRINA: Was?

TUSENBACH weiß nicht, was er sagen soll: Ich habe noch keinen Kaffee getrunken. Lass mir doch welchen kochen ... – *Rasch ab; Irina steht nachdenklich da, dann ab.* –

Andrej kommt mit dem Wagen, darauf erscheint Ferapont.

FERAPONT: Andrej Ssergeïtsch, die Papiere gehören doch nicht mir, sondern dem Amt! Ich hab' sie doch nicht erfunden!

ANDREJ: O, wo ist sie, wohin ist sie entflohen, meine Vergangenheit – da ich noch jung, fröhlich und verständig war, da ich so herrlich träumte und schwärmte, da meine Gegenwart und meine Zukunft noch vom Rosenschimmer der Hoffnung verklärt war? Warum werden wir, wenn wir kaum zu leben anfangen, gleich so langweilig, so prosaisch grau, so uninteressant, träg, gleichgültig, unnütz und unglücklich? ... Unsere Stadt steht schon zweihundert Jahre, sie hat hunderttausend Einwohner, und nicht ein Mensch existiert darin, der dem andern nicht aufs Haar ähnlich sähe, nicht einen wagemutigen Helden hat sie hervorgebracht, weder in der Vergangenheit noch in der Gegenwart, nicht einen namhaften Gelehrten oder Künstler, nicht eine bemerkenswerte Persönlichkeit, die bei den andern den Trieb zur Nacheiferung oder wenigstens den Neid weckte ... Nichts weiter kennen sie hier als essen, trinken, schlafen und schließlich sterben ... und nach ihnen werden wieder andre geboren, die auch nur essen, trinken und schlafen. Und um nicht ganz zu verkommen vor Langeweile, schaffen sie sich Abwechslung durch gemeinen Klatsch, durch Branntweintrinken und Kartenspiel, durch allerhand Ränke und Intrigen, die Weiber betrügen ihre Männer, die Männer aber tun, als ob sie nichts sähen und hörten, und diesem Verhängnisvollen, durch und durch gemeinen Einfluss verfallen auch wieder die Kinder, in denen der göttliche Funke ausgelöscht wird, die ebenso jämmerliche, einander aufs Haar ähnliche Wichte, ebensolche wandelnde Leichname werden wie ihre Väter und Mütter ... – *Zu Ferapont, ärgerlich.* – Was willst du?

FERAPONT: Wie? Die Papiere sollen Sie unterschreiben.

ANDREJ Du langweilst mich wirklich.

FERAPONT reicht ihm die Papiere hin: Hat mir da neulich der Portier vom Kameralhof erzählt, dass in Petersburg im Winter zweihundert Grad Kälte waren.

ANDREJ Die Gegenwart ist so widerwärtig – aber wenn ich an die Zukunft denke, wird mir plötzlich so leicht, so frei ums Herz; ich sehe in der Ferne ein Licht schimmern, ich sehe die Freiheit, ich sehe, wie ich samt meinen Kindern erlöst werde von der Faulheit und dem Sauerbier, vom Gänsebraten mit Kohl, vom Nachmittagsschläfchen und überhaupt von diesem nichtswürdigen Müßiggang.

FERAPONT: Zweitausend Menschen sollen erfroren sein. Das Volk war ganz entsetzt, sagt er. Ich weiß nicht genau, ob's in Petersburg war oder in Moskau ...

ANDREJ in einer Anwandlung von Zärtlichkeit: Meine lieben Schwestern, meine trefflichen Schwestern! – *Unter Tränen.* – Mascha, meine Schwester ...

NATASCHA vom Fenster aus: Wer spricht denn da so laut? Bist du es, Andrjuschka? Du wirst Ssofotschka aufwecken! Il ne faut pas faire de bruit, la Sophie est dormée déjà. Vous êtes un ours. – *Gerät in Hitze.* – Wenn du dich unterhalten willst, dann lass jemand anders den Wagen schieben. Ferapont, nimm dem Herrn den Wagen ab!

FERAPONT: Sehr wohl. – *Fasst den Wagen an.* –

ANDREJ verlegen: Ich sprach doch ganz leise.

NATASCHA aus dem Zimmer, ihr Söhnchen liebkosend: Bobik! Ausgelassner Bobik! Böser Bobik!

ANDREJ sieht die Papiere durch: Schön, ich will's durchsehen, will unterschreiben, was nötig ist, und du kannst dann die Sachen wieder mit aufs Amt nehmen ... – *Geht, in den Papieren lesend, ins Haus; Ferapont schiebt den Wagen in den Hintergrund des Gartens.* –

NATASCHA im Zimmer: Bobik, wie heißt deine Mama? Mein Lieber, Süßer! und wer ist das? Das ist Tante Olja. Sag' mal zur Tante: »Guten Tag, Olja!«

Wandernde Musikanten, ein Mann und ein Mädchen, spielen Geige und Harfe; aus dem Haus kommen Werschinin, Olga und Anfissa, sie hören einen Augenblick schweigend zu; Irina kommt vom Garten her auf sie zu.

74

OLGA: Unser Garten ist ein richtiger Durchgangshof, alles läuft und fährt hier durch. Altchen, gib doch den Musikanten eine Kleinigkeit ...

ANFISSA reicht den Musikanten ein Geldstück: Geht mit Gott, meine Lieben. – *Die Musikanten verbeugen sich und gehen.* – Elendes Volk! Wer satt ist, geht nicht spielen. – *Zu Irina.* – Gott grüße dich, Arischa! – *Küsst sie.* – Ei, ei, Kindchen, ich habe dir jetzt ein Leben! Im Gymnasium bin ich, in einer Amtswohnung, mit Oljuschka zusammen – der Herr war mir gnädig auf meine alten Tage. Nie im Leben hab' ich Sünderin ein solches Leben geführt ... Eine prächtige Wohnung auf Staatskosten, und ich habe mein eigenes Zimmerchen drin und ein Bettchen. Alles auf Staatskosten. Wenn ich so aufwache in der Nacht – Herrgott im Himmel, heilige Mutter Gottes, keinen glücklicheren Menschen kann's geben, als ich bin.

WERSCHININ sieht nach der Uhr: Wir marschieren gleich ab, Olga Ssergejewna. 's ist höchste Zeit für mich. – *Pause.* – Ich wünsche Ihnen alles, alles Gute ... Wo ist Maria Ssergejewna?

IRINA: Sie ist irgendwo im Garten ... Ich gehe sie suchen.

WERSCHININ: Haben Sie die Güte. Ich hab's eilig.

ANFISSA: Auch ich will suchen. – *Sie schreit.* – Maschenka, a-uh! – *Entfernt sich mit Irina nach dem Hintergrund des Gartens, ruft hinter der Szene – »A-uh! A-uh!«*

WERSCHININ: Alles hat sein Ende. Auch wir müssen uns nun trennen. – *Sieht nach der Uhr.* – Die Stadt hat uns eine Art Abschiedsfrühstück gegeben, es wurde Champagner getrunken, das Stadtoberhaupt hat eine Rede gehalten, ich habe gegessen und zugehört, mein Herz aber war hier, bei Ihnen ... – *Lässt seinen Blick über den Garten schweifen.* – Ich habe mich hier recht eingewöhnt.

OLGA: Werden wir uns noch einmal wiedersehen?

WERSCHININ: Ich glaube kaum. – *Pause.* – Meine Frau und meine beiden Mädchen bleiben noch zwei Monate hier; haben Sie die Güte, wenn etwas passiert, wenn etwas nötig sein sollte ...

OLGA: Ja, ja, natürlich. Sie können ganz beruhigt sein. – *Pause.* – Von morgen an ist nicht ein Soldat mehr in der Stadt, alles lebt nur noch als Erinnerung in uns fort. Für uns beginnt nun ein neues Leben ... – *Pause.* – Alles kommt schließlich anders, als wir es uns vorstellen. Ich wollte nicht Vorsteherin werden und bin's doch geworden. Mit Moskau wird's wohl kaum etwas werden ...

WERSCHININ: Hm ... Herzlichen Dank für alles. Verzeihen Sie mir, wenn nicht alles so war ... Gar zu viel hab' ich schon geredet – auch das verzeihen Sie ...

OLGA *trocknet ihre Augen:* Warum nur Mascha nicht kommt ...

WERSCHININ: Was soll ich Ihnen noch sagen zum Abschied? Wovon wollen wir philosophieren? ... – *Lacht.* – Das Leben ist schwer. Es erscheint vielen von uns öde und hoffnungsleer, aber man muss doch zugeben, dass es immer klarer, immer leichter wird. Und es scheint, als ob bald die Zeit anbrechen würde, da es vollends hell sein wird. – *Er sieht auf die Uhr.* – Es ist Zeit für mich, es ist Zeit! ... Früher war die Menschheit beständig in blutige Kämpfe verwickelt, ihr Hauptinteresse drehte sich um kriegerische Unternehmungen, Überfälle, Siege – jetzt hat sich das alles überlebt, und nichts als eine ungeheure, gähnende Leere ist davon geblieben, die vorläufig noch mit nichts ausgefüllt ist; aber die Menschheit sucht eifrig nach etwas, das diese Leere ausfüllen könnte, und sie wird sicher etwas finden. Ach, wenn's doch nur recht bald wäre! *Pause.* – Wenn man so, wissen Sie, zum Arbeitsdrang die Bildung und zur Bildung den Arbeitsdrang gesellen könnte ... – *Sieht nach der Uhr.* – Jetzt ist's aber höchste Zeit ...

OLGA: Da kommt sie! – *Mascha kommt vom Garten her.* –
WERSCHININ: Ich kam, um Abschied zu nehmen ... – *Olga geht auf die Seite, um die Abschiedsszene nicht zu stören.* –

MASCHA *sieht ihm ins Gesicht:* Leb' wohl ... – *Ein langer Kuss.* –

OLGA: Genug, genug! – *Mascha schluchzt heftig.* –

WERSCHININ: Schreib mir! ... Vergiss mich nicht! Lass mich jetzt gehen ... es ist Zeit ... Olga Ssergejewna, nehmen Sie sich ihrer an ... ich muss fort ... hab' mich verspätet ... – *Gerührt, küsst Olgas Hände, dann umarmt er Mascha noch einmal und eilt rasch davon.* –

OLGA: Genug, Mascha! Hör' auf, meine Liebe ... – *Kulygin kommt auf sie zu.* –

KULYGIN *in verhaltener Erregung:* Nicht doch, lass sie, lass sie ruhig weinen ... Meine schöne Mascha, meine gute Mascha ... Du bist meine Gattin, und ich bin glücklich, was auch geschehen sein mag ... Ich klage dich nicht an, mache dir keine Vorwürfe – Olga ist Zeugin ... Wir wollen jetzt wieder leben wie früher, und nicht ein Wort, nicht eine Anspielung sollst du von mir hören.

MASCHA *mit verhaltenem Schluchzen:* »Ein Eichbaum steht am Meeresstrande, ein goldnes Kettlein hängt daran« ... Ich werde verrückt ... am Meeresstrande ... ein goldnes Kettlein ...

OLGA: Beruhige dich, Mascha ... Beruhige dich ... Gib ihr Wasser.

MASCHA: Ich weine nicht mehr ...

KULYGIN: Sie weint nicht mehr ... sie ist gut ... – *Man hört in der Ferne einen Schuss fallen.* –

MASCHA: »Ein Eichbaum steht am Meeresstrande, ein goldnes Kettlein hängt daran« ... Goldnes Kätzlein ... goldnes Kettlein ... ich bin ganz wirr ... – *Trinkt Wasser.* – Ein verfehltes Leben ... Jetzt hab' ich keine Wünsche mehr ... Gleich bin ich ganz beruhigt ... 's ist alles egal ... Am Meeresstrande ... warum geht mir das Wort nicht aus dem Kopf? Meine Gedanken laufen durcheinander. – *Irina kommt.* –

OLGA: Beruhige dich, Mascha. Sei hübsch vernünftig ... Komm, wir gehen ins Zimmer.

MASCHA entrüstet: Ich geh' nicht da hinein! Lass mich! – *Schluchzt auf, hält jedoch gleich wieder an sich.* – Nie mehr betrete ich dieses Haus, niemals!

IRINA: Lasst uns noch ein Weilchen zusammensitzen, wenn auch schweigend. Morgen muss ich ja fort ... – *Pause.* –

KULYGIN: Gestern hab' ich einem Jungen in der dritten Klasse diesen Bart weggenommen ... – *Setzt sich einen künstlichen Schnurr- und Backenbart auf.* – Ganz unserem deutschen Sprachlehrer ähnlich – nicht wahr? – *Lacht.* – Spaßige Einfälle haben diese Jungen.

MASCHA: Wirklich – ganz wie unser Deutscher!

OLGA lacht: Ja! – *Mascha weint.* –

IRINA: Hör' schon auf, Mascha!

KULYGIN: Sehr ähnlich.

Natascha kommt heraus, hinter ihr das Stubenmädchen.

NATASCHA zum Stubenmädchen: Was? Bei Ssofotschka wird Protopopow bleiben, und mit Bobik kann Andrej Ssergeïtsch spielen, er kann ihn ein bisschen herumfahren. Was man für Sorgen hat mit den Kindern! ... – *Zu Irina.* – Irina, du fährst morgen weg – wie schade! Bleib doch noch wenigstens eine Woche! – *Sieht Kulygin, kreischt auf; Kulygin lacht und nimmt den Bart ab.* – Nein, über Sie! Wie konnten Sie mich so erschrecken! – *Zu Irina.* – Ich habe mich an dich gewöhnt – denkst wohl, es wird mir leicht, mich von dir zu trennen? In deinem Zimmer bring' ich jetzt Andrej mit seiner Geige unter – dort kann er sägen, soviel er will. Und sein Zimmer richten wir für Ssofotschka ein. Ein wundervolles Kind! Ein Prachtmädelchen! Heute sah sie mich mit solchen Augen an und sagte: »Mama!«

KULYGIN: Ein hübsches Kind, ganz gewiss.

NATASCHA: Morgen bin ich also schon ganz allein hier ... – *Seufzt.* – Ich lasse vor allem die Tannenallee abhauen, dann den Ahorn da ... des Abends sieht er so hässlich aus ... – *Zu Irina.* – Meine Liebe, dieser Gürtel steht dir gar nicht ... so geschmacklos! Du musst etwas Helleres tragen. Und hier lass ich überall Blumen pflanzen – Blumen, es muss hier duften ... – *Streng.* – Warum liegt die Gabel dort auf der Bank herum? – *Während sie ins Haus geht, zum Stubenmädchen.* – Warum liegt die Gabel da auf der Bank, frag' ich? – *Schreit.* – Maul gehalten!

KULYGIN: Nun ist sie aus dem Häuschen.

Hinter der Szene spielt eine Militärkapelle einen Marsch; alle hören zu.

OLGA: Sie ziehen ab.

MASCHA: Unsere Leute ziehen ab. Na, meinetwegen ... Glückliche Reise! – *Zu ihrem Gatten.* – Wir wollen nach Hause ... Wo ist mein Hut und mein Umhang?

KULYGIN: Ich habe sie hineingetragen ... Ich will sie gleich holen ... – *Ab ins Haus.* –

OLGA: Ja, jetzt können wir alle nach Hause gehen. Es ist höchste Zeit. – *Tschebutykin kommt.* –

TSCHEBUTYKIN: Olga Ssergejewna!

OLGA: Was gibt's?

TSCHEBUTYKIN: Nichts ... ich weiß nicht, wie ich's Ihnen sagen soll ... – *Flüstert ihr etwas ins Ohr.* –

OLGA erschrocken: Nicht möglich!

TSCHEBUTYKIN: Ja ... eine dumme Geschichte ... Ich bin so angegriffen, so erschöpft ... Möcht' nicht weiter davon reden ...

MASCHA: Was ist geschehen?

OLGA umarmt Irina: Das ist heute ein schrecklicher Tag ... ich weiß nicht, wie ich es dir sagen soll, meine Teure ...

IRINA: Was? Sagt es rasch – was ist geschehen? Um Gotteswillen! – *Weint.* –

78

TSCHEBUTYKIN: Der Baron ist im Duell getötet worden.

IRINA *weint leise.* Ich wusste es, ich wusste es!

TSCHEBUTYKIN setzt sich auf eine Bank im Hintergrund: Ich bin ganz erschöpft ... – *Nimmt eine Zeitung aus der Tasche.* – Mögen sie sich ausweinen ... – *Singt leise – Tarara-bumbia ... sei nur kein Lump ja ...*

Die drei Schwestern stehen da, eng aneinander geschmiegt.

MASCHA: Hört, die Musik! Sie verlassen uns ... Der eine hat uns für immer verlassen – für immer, auf Nimmerwiedersehen ... Wir sind allein zurückgeblieben ... Wir müssen leben, leben ...

IRINA legt ihren Kopf an Olgas Brust: Es wird eine Zeit kommen, da alle klar sehen werden, da es keine Geheimnisse mehr geben wird. Vorläufig aber heißt es arbeiten, nur arbeiten! Morgen fahr' ich von hier weg – allein, nach meiner Dorfschule. Mein ganzes Leben werde ich denen weihen, die seiner bedürfen. Jetzt ist Herbst, bald wird der Winter kommen, wird alles mit Schnee bedecken – und ich werde arbeiten, arbeiten ...

OLGA legt ihre Arme um beide Schwestern: Die Musik spielt so lustig und vergnügt, man spürt förmlich die Lust zu leben! O mein Gott! Eine kurze Spanne Zeit wird vergehen, und wir werden für immer davongehen, man wird uns vergessen, wird unsre Gesichter, unsre Stimmen vergessen, wie viel unser waren – aber unsere Leiden werden sich in Freude wandeln für jene, die nach uns leben werden. Glück und Friede wird auf Erden sein, und man wird derer, die jetzt leben, in Dankbarkeit gedenken und sie segnen. O, meine lieben Schwestern, unser Leben ist noch nicht zu Ende! Wir werden leben! Die Musik spielt so lustig, so freudig, und es ist, als ob es nur kurze Zeit noch dauern könnte, bis wir erfahren, warum wir leben, warum wir leiden ... Wenn wir es doch wüssten, wenn wir es doch wüssten!

– Vorhang. –

Der Kirschgarten

(1903)

Personen

Ranewskaja, Ljubow Andrejewna; Gutsbesitzerin.

Anja, ihre Tochter; 17 Jahre alt.

Warja, ihre Pflegetochter; 22 Jahre alt.

Gajew, Leonid Andrejewitsch; ihr Bruder.

Lopachin, Jermolaj Alexejewitsch; Kaufmann.

Trofimow, Peter Ssergejewitsch; Student.

Ssimeonow-Pischtschik, Boris Borissowitsch; Gutsbesitzer.

Scharlotta Iwanowna; Gouvernante.

Epichodow, Ssemjon Pantelejewitsch; Buchhalter.

Dunjascha; Stubenmädchen.

Firs; ein alter Lakai, 87 Jahre alt.

Jascha; ein junger Lakai.

Ein Landstreicher.

Der Stationsvorsteher.

Der Posthalter.

Gäste, Musikanten, Dienerschaft.

Ort der Handlung: Das Gut der Ranewskaja.

Erster Aufzug

Das »Kinderzimmer«, nach seiner einstmaligen Bestimmung noch immer so benannt. Eine der Türen führt nach Anjas Zimmer. Morgendämmerung, kurz vor Sonnenaufgang. Monat Mai, die Bäume blühen, im Garten ist es jedoch kühl, der Morgenwind weht. Die Fensterläden sind noch geschlossen, der junge Tag schimmert durch die Spalten. Dunjascha kommt mit einem Licht und Lopachin mit einem Buch in der Hand.

Lopachin: Der Zug ist da, Gott sei Dank! Wie spät ist's denn?

Dunjascha: Bald zwei. Löscht das Licht aus. Es ist schon hell draußen.

Lopachin: Wieder einmal Verspätung. Wenigstens um zwei Stunden. Gähnt und reckt die Glieder. Ich bin auch ein rechter Tölpel. Komme her, um sie auf dem Bahnhof zu empfangen und verschlafe die Zeit. Im Sitzen bin ich eingeschlafen. Zu ärgerlich. Du hättest mich doch wecken sollen!

Dunjascha Öffnet die Fensterläden. Ich dachte, sie seien längst fort. – Horcht. – Da, ich glaube, sie kommen schon.

Lopachin horcht: Nein … Ehe sie das Gepäck besorgt haben, und dies und das, vergeht eine ganze Weile. – Pause. – Fünf Jahre hat sie nun im Ausland zugebracht, unsere Ljubow Andrejewna – ob sie sich sehr verändert hat? Eine prächtige Frau, so umgänglich, so einfach. Ich erinnere mich noch einer Geschichte aus meiner Jugendzeit, wie ich so fünfzehn Jahre alt war. Ich hatte von meinem Vater selig eine Ohrfeige bekommen, dass mir die Nase blutete – war wohl nicht ganz nüchtern gewesen, mein Alter. Er hatte hier im Dorf einen Kramladen, und wir waren geschäftlich auf dem Gutshof. Na, kurz und gut, Ljubow Andrejewna, die damals noch ganz jung war, ganz schlank und schmächtig, nahm mich bei der Hand und führte mich hier in dieses Kinderzimmer, ans Waschbecken. »Weine nicht, kleiner Bauernjunge«, sagte sie, »bis du Hochzeit machst, ist's wieder gut.« – Pause. – Bauernjunge, ja … Mein Vater war ein Bauer, und ich trage eine weiße Weste und gelbe Schuhe. Eine Krähe, die sich mit fremden Federn schmückt … Geld hab ich wie Heu, aber wenn ich's recht bedenke, bin ich doch ein richtiger Bauer geblieben. Blättert in dem Buch. Da lese ich nun, lese und versteh' nichts … Eingeschlafen bin ich über dem Buch. – Pause. –

Dunjascha: Die Hunde haben die ganze Nacht gebellt – die witterten wohl, dass die Herrschaft kommt.

Lopachin: Was ist denn mit dir, Dunjascha?

Dunjascha: Meine Hände zittern so ... ich glaube, ich fall' in Ohnmacht ...

Lopachin: Hast dich schon gar zu sehr ... kleidest dich wie ein Fräulein, und auch die Frisur ... Das schickt sich nicht, man darf nie vergessen, wer man ist. – Epichodow tritt ein, mit einem Blumenstrauß, er trägt ein Jackett und blitzblanke hohe Stiefel, die beim Auftreten laut knarren; lässt beim Eintreten den Blumenstrauß fallen. –

Epichodow hebt den Blumenstrauß auf: Der Gärtner schickt das Bukett, nach dem Esszimmer soll's kommen. Gibt den Strauß Dunjascha.

Lopachin zu Dunjascha. Bring mir ein Glas Sauerbier mit.

Dunjascha: Sehr gern. – Ab. –

Epichodow: 's ist mächtig kalt draußen, drei Grad Frost! Und die Kirschen sind gerade in der Blüte! Kann mich nicht erwärmen für unser Klima. Seufzt. Nee doch! 's ist nicht viel los damit ... Sagen Sie mal, bitte, Jermolaj Alexeïtsch, ich hab mir vorgestern ein Paar Stiefel gekauft, und die knarren so eklig – womit könnt' ich sie wohl einschmieren? Raten Sie mir!

Lopachin: Bleib mir vom Leibe mit deinem Geschwätz.

Epichodow: Jeden Tag muss mir auch was passieren. Aber ich mach' mir nichts draus, hab mich dran gewöhnt und lach' einfach drüber. – Dunjascha tritt ein und reicht Lopachin das Bier. –

Epichodow: Ich geh' nun. – Stößt an einen Stuhl an, der hinfällt. – Da ... – Triumphierend. – Hab' ich's nicht gesagt? Einfach nicht zu glauben ... Merkwürdig geradezu ... entschuldigen Sie den harten Ausdruck! – Ab. –

Dunjascha: Ich kann's Ihnen ja sagen, Jermolaj Alexeïtsch, Epichodow hat mir einen Antrag gemacht ...

Lopachin: Ah!

Dunjascha: Ja, und ich weiß nur nicht ... er ist so weit ganz brav, aber er red't so komisches Zeug zusammen, dass man ihn manchmal gar nicht versteht. Sonst gefällt er mir ganz gut. Er liebt mich wahnsinnig. Ein Pechvogel ist er ja, jeden Tag passiert ihm was. Wir nennen ihn alle nur den Unglücksraben ...

Lopachin horcht: Jetzt kommen sie, glaub' ich ...

Dunjascha: Ja, jetzt kommen sie! Was ist nur mit mir? Ganz eiskalt bin ich ...

84

Lopachin: Jetzt kommen sie wirklich. Wir wollen ihnen entgegengehen. Ob sie mich erkennt? Fünf Jahre haben wir uns nicht gesehen …

Dunjascha erregt. Ich fall' gleich hin – ach, ich falle! – Man hört zwei Kutschen vorfahren. Lopachin und Dunjascha rasch ab. Die Bühne bleibt einen Augenblick leer. Im anstoßenden Zimmer wird es laut. Der alte Lakai Firs, der seine Herrin vom Bahnhof abgeholt hat, humpelt in seiner altmodischen Livree, den hohen Hut auf dem Kopf, hastig an einem Stock über die Bühne; er murmelt etwas Unverständliches vor sich hin. Hinter der Bühne wird es immer lauter. –

Man hört eine Stimme: »Hier durch, Herrschaften, hier durch!« – Es erscheinen im Zimmer Ljubow Andrejewna, Anja und Scharlotta Iwanowna, die ein Hündchen an der Leine führt, alle drei im Reisekostüm. Dann Warja in Mantel und Kopftuch, Gajew, Ssimeonow-Pischtschik. Lopachin, Dunjascha mit Reisetasche und Schirm und andere Dienstboten; alle gehen durch das Kinderzimmer. –

Anja: Wir wollen hier durchgehen. Weißt du noch, Mama, was für ein Zimmer das ist?

Ljubow Andrejewna in freudiger Rührung, unter Tränen: Das Kinderzimmer!
Warja: Wie kalt es ist, meine Hände sind ganz steif gefroren. – Zu Ljubow Andrejewna. – Ihre Zimmer, das weiße und das veilchenblaue, sind ganz unverändert geblieben.

Ljubow Andrejewna: Das Kinderzimmer, mein liebes, reizendes Zimmerchen … Hier hab' ich als kleines Mädchen geschlafen … – Küsst ihren Bruder, dann Warja, dann wieder ihren Bruder. – Und unsere Warja ist immer noch die Alte, wie eine Nonne. Auch Dunjascha hab ich erkannt … – Küsst Dunjascha. –

Gajew: Zwei Stunden Verspätung hat der Zug. Nette Zustände, wie?

Scharlotta zu Pischtschik. Mein Hündchen isst sogar Nüsse.

Pischtschik erstaunt. Was Sie sagen! – Alle ab, außer Anja und Dunjascha. –

Dunjascha: Wir haben gewartet und gewartet … – Nimmt Anja Mantel und Hut ab. –

Anja: Vier Nächte war ich unterwegs, ohne Schlaf … Ganz erstarrt bin ich.

Dunjascha: Wie Sie damals wegfuhren, lag draußen Schnee, und so kalt war es! Mitten in der Fastenzeit war's. Und jetzt … Ach, mein liebes Fräulein! – Lacht und küsst sie. – Wie hab' ich mich nach Ihnen gesehnt, mein Herzblättchen, mein Augentrost … Ich hab' Ihnen was zu sagen … ein Geheimnis …

Anja müde Kann's mir schon denken!

Dunjascha: Der Buchhalter Epichodow hat mir zu Ostern einen Antrag gemacht.

Anja: Immer die alten Geschichten. – Streicht ihr Haar glatt. – Alle Haarnadeln hab' ich verloren. – Sie schwankt vor Müdigkeit. –

Dunjascha: Ich weiß nicht, was ich dazu sagen soll. Er liebt mich so sehr, so sehr.

Anja blickt nach der Tür ihres Zimmerchens, weich: Mein Zimmer, meine Fenster! Als ob ich gar nicht weggewesen wäre! Ich bin zu Hause! Morgen früh steh' ich auf und lauf gleich in den Garten. Wenn ich nur einschlafen könnte! Ich war unterwegs in solcher Unruhe, nicht ein Auge konnt ich zumachen.

Dunjascha: Vorgestern ist auch Peter Ssergjeïtsch angekommen.

Anja freudig. Petja!

Dunjascha: Er hat sich im Badehaus eingerichtet und schläft dort auch. Er will nicht lästig fallen, sagt er. – Sieht auf ihre Taschenuhr. – Ich müsste ihn eigentlich wecken, aber Fräulein Warja meinte, ich solle ihn nur schlafen lassen.

Warja kommt herein, mit einem Schlüsselbund an der Seite: Dunjascha, Mama wünscht Kaffee … mach rasch!

Dunjascha: Sofort, sofort. – Ab. –

Warja: Nun, Gott sei Dank, mein Herzchen, da hätt' ich dich wieder. – Liebkost Anja. – Mein Schwesterchen! Es war wohl keine Kleinigkeit, die Mama wieder heimzubringen, wie?

Anja: Die reine Qual war es. Und diese Scharlotta – während der ganzen Fahrt hat sie geschwatzt und ihre Faxen gemacht. Warum du mir die eigentlich aufgepackt hast? …

Warja: Ich konnte dich doch nicht allein fahren lassen, Kind, mit deinen siebzehn Jahren!

Anja: Wir kommen in Paris an – eine Kälte. Der Schnee lag noch auf den Dächern. Mein Französisch hat mich natürlich im Stich gelassen. Mama wohnt oben im fünften Stockwerk, und wie ich hinkomme, sitzt sie da unter lauter Franzosen, ein paar Damen sind bei ihr und ein alter Pater mit einem Gebetbuch, und vollgequalmt hatten sie – ganz abscheulich! Sie tat mir auf einmal so leid, die arme Mama, so leid, und ich umarmte sie und konnte sie gar nicht loslassen. Sie wurde so weich, so zärtlich, und begann zu weinen ...

Warja unter Tränen: Still, still, erzähl' nicht ...

Anja: Ihre Villa bei Mentone hatte sie schon verkauft, nichts ist ihr geblieben, nicht ein Pfennig. Auch ich bin ganz blank, kaum dass wir die Rückreise bezahlen konnten. Und dabei ist Mama ganz ahnungslos – wir sitzen auf dem Bahnhof und wollen etwas essen, natürlich bestellt sie gleich das Teuerste und gibt dem Kellner einen Rubel Trinkgeld. Auch Scharlotta wirft das Geld mit vollen Händen fort, und sogar Jascha lässt sich seine Portion geben – einfach schrecklich. Mama hält sich nämlich jetzt einen Lakaien, Jascha heißt er, wir haben ihn mit hergebracht ...

Warja: Ich habe den Halunken gesehen.

Anja: Nun, wie steht es hier? Sind die Zinsen bezahlt?

Warja: Bewahre!

Anja: Mein Gott, mein Gott!

Warja: Im August kommt das Gut unter den Hammer ... – Lopachin sieht zur Tür herein, brummt etwas vor sich hin und zieht sich sogleich wieder zurück. –

Warja unter Tränen, droht mit der Faust hinter Lopachin her: Ich könnte den Menschen prügeln ...

Anja umarmt Warja, leise: Wie steht's? Hat er sich dir erklärt? – Warja schüttelt den Kopf. – Er liebt dich doch, warum sprecht ihr euch nicht aus, worauf wartet ihr?

Warja Ich glaube nicht, dass aus der Sache was wird. Er hat nur das Geschäft im Kopf und denkt gar nicht an mich. Mir soll's gleich sein. Ich will ihn überhaupt nicht mehr sehen. Alles schwatzt, Lopachin wird dich heiraten, alle gratulieren mir, und in Wirklichkeit liegt gar nichts vor, alles leere Einbildung. – Mit veränderter Stimme. – Was für eine Brosche hast du da? Was soll das sein? Eine Biene?

Anja traurig: Mama hat sie mir gekauft. Geht in ihr Zimmer. – Mit kindlicher Fröhlichkeit. – In Paris bin ich im Luftballon gefahren!

Warja: Nicht möglich ... Vor allem hab ich' dich wieder, mein liebes, schönes Kind!

Dunjascha ist mit der Kaffeemaschine zurückgekehrt und bereitet den Kaffee.

Warja steht an der Tür: Ich geh' den ganzen Tag im Hause herum und simuliere: ob man nicht einen reichen Mann für dich suchen sollte? Dann wäre ich beruhigt und könnte ins Kloster gehen oder auf die Wallfahrt … Nach Kiew würde ich pilgern, nach Moskau … nach all den heiligen Orten … Das wäre herrlich, immer so zu wandern, zu wandern!

Anja: Die Vögel singen im Garten. Wie spät ist's eigentlich?

Warja: Drei Uhr wird's sein. Es ist Zeit, dass du schlafen gehst, Herzchen. – Geht in Anjas Zimmer. – Herrlich wäre das! ...

Jascha tritt ein mit Plaid und Reisetasche. Geht über die Bühne, geziert: Ist's gestattet, hier durchzugehen?

Dunjascha: Jascha! Beinah' hätt' ich Sie nicht wiedererkannt. Wie Sie sich im Ausland verändert haben!

Jascha: Hm, wer sind Sie denn?

Dunjascha: Wie Sie hier wegreisten, war ich noch so klein. Zeigt, wie klein sie war. Ich bin doch die Dunjascha, die Tochter von Fjodor Kosojedow, erinnern Sie sich meiner nicht mehr?

Jascha: Hm … Ein netter Käfer! – Sieht sich um und umarmt sie. Sie kreischt auf und lässt eine Untertasse fallen. Jascha entfernt sich rasch. –

Warja in der Tür, unwillig: Was gibt's da?

Dunjascha weinerlich: Ich hab' eine Untertasse zerschlagen …

Warja: Scherben bedeuten Glück.

Anja tritt aus ihrem Zimmer: Wir müssen Mama vorbereiten ... Petja ist da ...

Warja: Ich hab' ihn absichtlich nicht wecken lassen.

Anja nachdenklich: Sechs Jahre sind seit Papas Tode vergangen, und vier Wochen später ist mein Brüderchen Grischa im Fluss ertrunken – mit sieben Jahren, so ein liebes Kerlchen! Mama hat's nicht verwinden können – fort, fort, um jeden Preis! – Erschauernd. – Ich kann sie verstehen, wenn sie wüsste … – Pause. – Petja Trofimow war Grischas Lehrer, sein Anblick würde die Erinnerung in ihr wecken …

Firs in Rock und weißer Weste, tritt ein. Geht zu der Kaffeemaschine, wichtig: Die Gnädigste wird hier den Kaffee einnehmen. –Zieht weiße Handschuhe an. – Ist er fertig? – Streng zu Dunjascha. – Wo ist denn die Sahne? Du!

Dunjascha: Ach Gott, ja ... Rasch ab.

Firs macht sich an der Kaffeemaschine zu schaffen: So eine Schlafmütze. – Brummt vor sich hin. – Aus Paris kommen sie ... Auch der gnädige Herr ist mal in Paris gewesen ... aber noch per Post ... – Lacht. –

Warja: Was gibt's zu lachen, Firs?

Firs freudig erregt: Wie? Meine Gnädigste ist angekommen! Dass ich das noch erlebt habe! Jetzt kann ich ruhig sterben. – Weint vor Freude. – Ljubow Andrejewna, Lopachin, Gajew und Ssimeonow-Pischtschik treten ein, letzterer trägt ein ärmelloses Wams aus feinem Tuch und Pluderhosen. Gajew macht beim Eintreten mit Rumpf und Armen Bewegungen, als ob er Billard spielte. –

Ljubow Andrejewna: Wie war das doch gleich? Wart' mal ... Den Gelben in die Ecke! Doublee in die Mitte!

Gajew: Den Roten rechts in die Ecke! ... Hier in diesem Zimmer haben wir beide mal geschlafen, liebe Schwester, und jetzt bin ich ein alter Knabe von einundfünfzig. Ist das nicht drollig?

Lopachin: Ja, die Zeit vergeht.

Gajew: Hä?

Lopachin: Ich sage, die Zeit vergeht.

Gajew: Es riecht hier nach Patschuli.

Anja: Ich geh' zu Bett. Gute Nacht, Mama. – Küsst die Mutter. –

Ljubow Andrejewna: Mein liebes, herziges Kindchen! – Küsst Anjas Hände. – Freust du dich, dass du zu Hause bist? Ich kann's noch immer nicht fassen.

Anja: Gute Nacht, Onkel.

Gajew küsst ihr Wangen und Hände: Gott schütze dich. Wie ähnlich du deiner Mutter bist! – Zu seiner Schwester. – Als du in ihrem Alter warst, Ljubow, hast du genau so ausgesehen. – Anja reicht Lopachin und Pischtschik die Hand, geht dann in ihr Zimmer und schließt die Tür hinter sich ab.–

Ljubow Andrejewna: Sie ist ganz hin vor Müdigkeit.

Pischtschik: Kein Wunder, die lange Fahrt ...

Warja zu Lopachin und Pischtschik: Nun, meine Herren: Es ist gleich drei Uhr. Ich dächte, es ist Zeit …

Ljubow Andrejewna lacht: Du bist immer noch dieselbe, Warja. – Zieht sie an sich und küsst sie. – Ich trinke nur meinen Kaffee aus, dann brechen wir alle auf. – Firs legt ihr ein Kissen unter die Füße. – Ich danke dir, mein Lieber. Ich bin so gewöhnt an den Kaffee, Tag und Nacht trinke ich meinen Mokka. Vielen Dank, lieber Alter. – Küsst Firs. –

Warja: Ich will rasch mal nach den Sachen sehen, ob auch alles mitgekommen ist … – Ab. –

Ljubow Andrejewna: Da sitz' ich nun … – lacht – und möcht' am liebsten herumspringen und in die Hände klatschen. – Bedeckt das Gesicht mit den Händen. – Wie im Traum bin ich! O Gott, wie ich die Heimat liebe! Wie ich sie zärtlich liebe! Ich konnte nicht aus dem Kupeefenster sehen, in einem fort musst' ich weinen. – Unter Tränen. – Aber nun rasch den Kaffee getrunken. Vielen Dank, lieber Firs, vielen Dank, mein Alter. Wie freue ich mich, dass du noch lebst!

Firs: Vorgestern, ja.

Gajew: Er hört schlecht.

Lopachin: Ich muss jetzt gleich fort, mit dem Fünfuhrzug nach Charkow. Zu ärgerlich. Ich wollte mich so recht an Ihnen sattsehen und mit Ihnen plaudern … Sie sehen noch genauso stattlich aus wie früher.

Pischtschik schwer atmend: Hübscher ist sie geworden. In dem Pariser Kostüm … Schwerenot nochmal, ist das schneidig!

Lopachin: Ihr Bruder, Leonid Andreïtsch, nennt mich einen Knecht, eine Krämerseele, aber daraus mache ich mir nichts. Immer mag er reden, wenn Sie mir nur Ihr altes Vertrauen schenken und Ihre wunderbaren Augen, wie früher, auf mir ruhen lassen. Du lieber Gott, ja doch – mein Vater war mal Leibeigener Ihres Herrn Papas, Sie aber haben für mich einmal etwas getan, was ich nie vergessen habe. Ewig bleib' ich Ihnen dafür zugetan.

Ljubow Andrejewna: Nein, ich kann nicht so dasitzen … – Springt auf und geht in lebhafter Erregung auf und ab. – Dieses Glück, diese Freude – ich überlebe sie nicht … Ja, lacht nur über mich dumme Liese … Mein liebes Spind … – Küsst das Spind. – Mein altes, braves Tischchen …

Gajew: Die Kinderfrau ist während deiner Abwesenheit gestorben.

90

Ljubow Andrejewna setzt sich und trinkt Kaffee: Man hat es mir geschrieben. Gott habe sie selig!

Gajew: Auch Anastassij ist tot. Der schieläugige Peter ist von mir weggezogen, er dient jetzt in der Stadt, beim Kommissar. – Nimmt eine Bonbonschachtel aus der Tasche und nascht daraus. –

Pischtschik: Meine Tochter Daschenjka lässt sich Ihnen empfehlen.

Lopachin: Ich habe eine angenehme Nachricht für Sie. Sieht auf die Uhr. Ich muss leider abfahren und muss mich ganz kurz fassen. Sie wissen, dass Ihr Kirschgarten unter den Hammer kommt. Am 22. August ist der Subhastationstermin [Zwangsversteigerung]. Machen Sie sich keine Sorgen darum, schlafen Sie ruhig und unbekümmert – es gibt einen Ausweg aus dieser Sache. Hören Sie mein Projekt. Ich bitte um Ihre Aufmerksamkeit! Ihr Gut liegt nur zwanzig Werst von der Stadt ab, und es hat direkte Bahnverbindung; wenn der Kirschgarten samt dem Terrain am Fluss parzelliert und mit Sommerhäuschen bebaut wird, können Sie sich ein Jahreseinkommen von mindestens 25 000 Rubeln sichern.

Gajew: erlauben Sie mal, das ist doch der bare Unsinn.

Ljubow Andrejewna: Ich verstehe Sie nicht recht, Jermolai Alexeïtsch.

Lopachin: Sie nehmen von den Sommerfrischlern, billig gerechnet, 25 Rubel Jahrespacht pro Hektar. Wenn Sie die Sache jetzt gleich in Angriff nehmen, dann gehe ich jede Wette ein, dass Sie bis zu Herbst nicht ein kahles Fleckchen übrig behalten, alles werden Sie los. Sie sind gerettet, mit einem Wort, man kann Ihnen gratulieren. Natürlich muss hier gründlich Ordnung geschaffen werden, alle alten Bauten sind abzutragen, dieses Haus zum Beispiel, das zu nichts mehr taugt. Der alte Kirschgarten müsste abgeholzt werden ...

Ljubow Andrejewna: Abgeholzt? Verzeihen Sie, mein Lieber, davon verstehen Sie nichts. Wenn es im ganzen Gouvernement etwas Interessantes und Sehenswertes gibt, dann ist es unser Kirschgarten.

Lopachin: Sehenswert ist an diesem Garten nur eins: dass er sehr groß ist. Die Kirschen geraten höchstens alle zwei Jahre, und Sie wissen nichts mit ihnen anzufangen, kein Mensch kauft sie.

Gajew: Sogar im Konversationslexikon wird dieser Kirschgarten erwähnt.

Lopachin sieht auf seine Uhr. Wenn wir keine andere Lösung finden, wird am 22. August die ganze Besitzung mitsamt dem Kirschgarten an den Meistbietenden verkauft. Entschließen Sie sich also! Es gibt keinen anderen Ausweg, mein Wort darauf!

Firs: Früher, vor vierzig, fünfzig Jahren, hat man die Kirschen getrocknet, gedünstet, eingemacht, ausgepresst, und in manchen Jahren ...

Gajew: Halt den Mund, Firs.

Firs In manchen Jahren gab es so viel getrocknete Kirschen, dass sie per Achse nach Moskau und Charkow verfrachtet wurden. Geld wie Heu gab's dafür! Und die getrockneten Kirschen waren damals weich und saftig, und so süß, und sie dufteten so ... Man hatte ein bestimmtes Verfahren ... ein Rezept ...

Ljubow Andrejewna: Wo ist das hingekommen?

Firs: Vergessen hat man's. Kein Mensch kennt es mehr.

Pischtschik zu Ljubow Andrejewna. Na, wie war's also in Paris? Haben Sie dort Frösche gegessen?

Ljubow Andrejewna: Nein, aber Krokodile.

Pischtschik: Was Sie sagen!

Lopachin: Bisher gab's auf dem Lande nur Gutsbesitzer und Bauern, jetzt aber strömen auch die Stadtleute heraus. Die kleinste Stadt hat jetzt so einen Kranz von Sommerhäuschen, und in zwanzig Jahren werden diese Sommerkolonien sich noch viel mehr entwickelt haben Jetzt trinkt der Städter nur erst den Tee auf der Veranda seines Häuschens, aber vielleicht kommt er bald auf den Gedanken, seinen Hektar regulär zu bewirtschaften: dann wird's hier in Ihrem Kirschgarten ein Wohlbehagen geben, ein Glück, ein fröhliches Treiben ...

Gajew aufbrausend: Blödsinn! – Warja und Jascha treten ein. –

Warja: Zwei Telegramme sind übrigens für Sie angekommen, Mamachen. – Sucht an ihrem Bund und öffnet unter Schlüsselklirren einen alten Bücherschrank. – Da sind sie.

Ljubow Andrejewna: Aus Paris, natürlich. – Zerreißt die Telegramme, ohne sie gelesen zu haben. – Mit Paris sind wir fertig.

Gajew: Weißt du auch, Ljuba, wie alt dieser Schrank ist? Vor acht Tagen zog ich zufällig die Schublade unten heraus und sah da eine Jahreszahl eingebrannt. Rund hundert Jahre ist das Möbel alt. Was sagst du dazu? Man hätte sein Jubiläum feiern können. Es handelt sich allerdings nur um einen leblosen Gegenstand, aber es ist doch immer ein Bücherschrank …

Pischtschik erstaunt: Hundert Jahre … was Sie sagen!

Gajew: Ja, keine Kleinigkeit, solch ein Schrank ... Betastet den Schrank. Man sollte ihm noch nachträglich eine Festrede halten: Alter, braver. Ehrwürdiger Schrank! Freudig bewegt stehe ich vor dir, der du seit einem Jahrhundert den leuchtenden Idealen des Guten und Wahren gedient hast. Dein stummer Ruf zu fruchtbringender Arbeit hat in diesem Jahrhundert nicht an Wirkung verloren, er hat feierlich durch all die Generationen in unserm Geschlecht den Glauben an eine bessere Zukunft bewahrt und die Ideale der sozialen Gerechtigkeit in uns lebendig erhalten. – Pause. –

Lopachin: Ja …

Ljubow Andrejewna: Du bist noch immer der Alte, Leonid.

Gajew ein wenig verlegen: Rechts vom Ball in die Ecke! Spiel' ihn auf'n Kopf!

Lopachin sieht auf die Uhr. Ich muss jetzt aufbrechen.

Jascha reicht Ljubow Andrejewna eine Arzneischachtel: Vielleicht nehmen Sie jetzt eine Pille …

Pischtschik: Nur keine Medizin, Verehrteste … Das Zeug bringt weder Nutzen noch Schaden … Geben Sie mal her, meine Gnädige! – Nimmt die Schachtel, schüttet die Pillen auf die flache Hand, tut sie in den Mund und trinkt einen Schluck Bier nach. – So!

Ljubow Andrejewna erschrocken. Sie sind wohl übergeschnappt!

Pischtschik: Alle Pillen hab' ich auf einmal genommen!

Lopachin: So ein Nimmersatt! – Alle lachen. –

Firs: Wie der Herr bei uns zum Ostermahl war, hat er ein halbes Fässchen Gurken aufgegessen ... – Brummt leise für sich weiter. –

Ljubow Andrejewna: Was brummt er da?

Warja: Seit drei Jahren hat er das so an sich. Wir haben uns daran gewöhnt.

Jascha: Das machen die Jahre.

Scharlotta Iwanowna, im weißen Kleid, sehr eng geschnürt, eine Lorgnette am weißen Gürtel, geht über die Bühne.

Lopachin: Verzeihung, Scharlotta Iwanowna, ich habe Sie noch gar nicht recht begrüßt. – Will ihr die Hand küssen. –

Scharlotta entzieht ihm die Hand: Nicht doch, wenn man Ihnen den Handkuss gestattet, wollen Sie auch gleich Ellbogen und Schulter küssen …

Lopachin: Ich habe heute kein Glück. – Alle lachen. – Scharlotta Iwanowna, machen Sie uns doch mal ein Kunststück vor!

Ljubow Andrejewna: Ach ja, Scharlotta, lassen Sie was los!

Scharlotta: Jetzt nicht, ich will zu Bett gehen. – Ab. –

Lopachin: In drei Wochen sehen wir uns wieder. – Küsst Ljubow Andrejewna die Hand. – Leben Sie wohl bis dahin. Ich muss eilen. – Zu Gajew. – Auf Wiedersehen; – wechselt mit Pischtschik Küsse. – Auf Wiedersehen. – Reicht zuerst Warja, dann Firs und Jascha die Hand. – Die Abreise wird mir schwer. –Zu Ljubow Andrejewna. – Überlegen Sie sich die Sache mit der Parzellierung, und wenn Sie einen Entschluss gefasst haben, lassen Sie mich's wissen. Fünfzigtausend Rubel könnt' ich gleich für den Plan flüssig machen. Überlegen Sie es sich reiflich!

Warja: So gehen Sie doch endlich!

Lopachin: Ich geh' schon, ich gehe … – Ab. –

Gajew: Ein richtiger Knecht. Übrigens, Verzeihung … Warja soll ihn ja heiraten, er ist ja ihr Auserwählter.

Warja: Reden Sie keinen Unsinn, Onkelchen.

Ljubow Andrejewna: Warum nicht, Warja? Ich würde mich sehr freuen, er ist ein guter Mensch.

Pischtschik: Ja, das ist er wirklich … ein ganz braver Bursche. Auch meine Daschenjka sagt das … – Schnarcht, erwacht jedoch gleich wieder. – Sagen Sie mal, Verehrteste, könnten Sie mir nicht 240 Rubel borgen? Ich habe morgen Hypothekenzinsen zu zahlen …

Warja erschrocken. Es ist nichts da, gar nichts!

Ljubow Andrejewna: Ich habe wirklich kein Geld.

Pischtschik: So viel wird sich schon finden. – Lacht. – Ich verlier' niemals die Hoffnung. Dazumal dacht' ich auch schon, ich müsste kopfüber gehen, da wurde die Bahn über mein Gut geführt, und ich kriegte einen schönen Batzen Geld. So kann heut' oder morgen wieder was eintreten … Daschenjka hat ein Lotterielos, sie kann das große Los gewinnen, zweimalhunderttausend …

Ljubow Andrejewna: So, der Kaffee wäre getrunken, nun können wir schlafen gehen.

Firs: Bürstet an Gajew herum, in schulmeisterndem Ton. Nun haben Sie wieder die falschen Beinkleider angezogen. Was soll ich schon mit Ihnen anfangen?

Warja leise: S-st! Anja schläft! – Öffnet leise das Fenster. – Die Sonne ist aufgegangen, es ist gleich wärmer. Sehen Sie doch, Mamachen, diese herrlichen Bäume! Mein Gott, diese Luft! Wie lustig die Stare pfeifen!

Gajew öffnet das zweite Fenster: Ganz weiß ist der Garten. Erinnerst du dich noch, Ljuba? Diese lange Allee hier läuft ganz geradeaus, wie ein gespanntes Seil, und bei Mondschein schimmert sie förmlich. Weißt du noch?

Ljubow Andrejewna sieht durchs Fenster in den Garten: O, meine Kindheit, meine unschuldvolle Kindheit! Hier in der Stube hab' ich geschlafen, von hier hab' ich in den Garten geschaut, jeden Morgen erwachte das Glück zugleich mit mir, und der Garten war ganz derselbe wie heute, nichts hat sich an ihm verändert. – Lacht vor Freude. – Ganz, ganz weiß ist er! Mein lieber, herrlicher Garten! Nach dem grämlichen Herbst und dem kalten Winter bist du wieder jung und voll Glück, die Engel im Himmel haben dich nicht verlassen. Ach, wenn doch jemand diese Last von meinen Schultern nähme, wenn ich doch die Vergangenheit vergessen könnte!

Gajew: Ja – und der Garten wird nun subhastiert … Merkwürdig!

Ljubow Andrejewna: Sieh doch, unsere Mutter geht dort durch den Garten … im weißen Kleid … – Lacht vor Freude. – Sie ist es!

Gajew: Wo?

Warja: Der Herr behüte Sie, Mamachen.

Ljubow Andrejewna: Niemand ist da, es schien mir nur so. Dort rechts, an dem Laubengang, hat sich eins der weißen Bäumchen vorgeneigt … Es sah aus, als ob eine Frau da ginge. – Trofimow, in abgetragener Studentenuniform, mit einer Brille, tritt ein. –

Ljubow Andrejewna: Ein wunderbarer Garten! Diese üppige Blütenpracht, und der blaue Himmel darüber …

Trofimow: Ljubow Andrejewna! Sie sieht sich nach ihm um. Ich will Sie nur begrüßen und gehe gleich wieder. Er küsst gerührt ihre Hand. Man sagte mir, ich solle bis zum Morgen warten, doch ich hielt es nicht aus ...

Ljubow Andrejewna sieht ihn verständnislos an.

Warja unter Tränen: Das ist Petja Trofimow, Mamachen ...

Trofimow: Petja Trofimow, der Lehrer Ihres Grischa ... Hab' ich mich denn so verändert? – Ljubow Andrejewna umarmt ihn und weint leise. –

Gajew bewegt. Nicht doch, Ljubow, nicht doch!

Warja weint: Ich sagte Ihnen doch, Petja, Sie sollten bis morgen warten!

Ljubow Andrejewna: Mein Grischa ... mein armer Junge ... Grischa, mein Sohn ...

Warja: Es ist doch mal geschehen, Mamachen, Gott hat es so gewollt.

Trofimow weich, unter Tränen: Genug, genug ...

Ljubow Andrejewna weint leise: So elend musste er umkommen, mein guter Junge, ertrinken musste er, warum ...? Warum, mein Lieber? – Leiser. – Hier nebenan schläft Anja, und ich spreche so laut ... Sagen Sie, Petja, Sie sehen so mitgenommen aus? Wovon sind Sie so gealtert?

Trofimow: In der Bahn meinte auch schon eine Frau, ich sähe so schäbig aus.

Ljubow Andrejewna: Damals waren Sie noch ein ganz junges Kerlchen, ein lieber kleiner Student, und jetzt ist Ihr Haar so dünn, Sie tragen eine Brille ... Sind Sie denn noch immer Student? Geht nach der Tür.

Trofimow: Ich werde wohl ewig Student bleiben.

Ljubow Andrejewna küsst den Bruder, dann Warja: Nun, geht schlafen ... Auch du bist recht gealtert, Leonid.

Pischtschik geht hinter ihnen her: Also schlafen gehen ... o weh, mein Podagra! Ich bleibe hier bei Ihnen ... Vielleicht geht's morgen früh doch noch, liebe Freundin ... 240 Rubel ...

Gajew: Er lässt und lässt nicht locker!

Pischtschik: 240 Rubel ... ich muss Hypothekenzinsen zahlen ...

Ljubow Andrejewna: Ich habe kein Geld, mein Lieber.

Pischtschik: Ich geb's bald zurück … eine so kleine Summe …

Ljubow Andrejewna: Nun gut, Leonid wird es Ihnen geben … Gib ihm das Geld, Leonid!

Gajew: Sonst was werde ich ihm geben.

Ljubow Andrejewna: Was bleibt uns schließlich übrig, gib's ihm … Er braucht es … Er wird's schon zurückzahlen … – Ljubow Andrejewna, Trofimow, Pischtschik und Firs entfernen sich. –

Gajew: Immer noch die Alte! Immer das Geld zum Fenster hinaus. – Zu Jascha. – Drück' dich, mein Lieber, du riechst nach Hühnermist.

Jascha lächelnd. Sie sind immer noch derselbe, der Sie waren, Leonid Andreje-witsch.

Gajew: Wie war das? – Zu Warja. – Was sagt der Bursche?

Warja zu Jascha: Deine Mutter ist aus dem Dorf gekommen, sie möchte dich sehen. Seit gestern sitzt sie in der Gesindestube.

Jascha: Mag sie doch sitzen!

Warja: Was? Schämst du dich nicht?

Jascha: Was hab' ich von meiner Mutter? Hätt' ebenso gut morgen kommen können. – Ab. –

Warja: Mamachen ist unverbesserlich, alles gäbe sie hin, wenn man sie frei schalten ließe.

Gajew: Ja … – Pause. – Wenn gegen eine Krankheit recht viele Mittel vorgeschla-gen werden, so heißt das, sie ist unheilbar. Ich zerbreche mir den Kopf, ersinne bald diesen, bald jenen Ausweg, und weiß im Grunde genommen nicht einen einzigen. Wenn man so jemanden beerben könnte … oder wenn sich für Anja ein reicher Mann fände … oder wenn wir unser Glück bei der Gräfin in Jaroslawl versuchten … die Gräfin ist schwer reich, sie ist unsere richtige Tante …

Warja weint: Wenn der liebe Gott uns doch helfen wollte!

Gajew: Heul' nicht! Die Tante will leider nichts von uns wissen. Sie kann's meiner Schwester nicht verzeihen, dass sie einen simplen Advokaten geheiratet hat, der nicht mal von Adel war. – Anja erscheint in der Tür. –

Gajew: Dann ist sie auch mit Ljubas Aufführung unzufrieden. Gewiss, die Tugendrose verdient sie nicht. Sie ist herzensgut und ein prächtiger Kamerad, ich habe sie aufrichtig lieb, aber soviel mildernde Umstände man ihr auch bewilligen mag, zum Laster neigt sie nun mal. Das spürt man in jeder Bewegung.

Warja flüstert: Anja steht in der Tür.

Gajew: Was ist? – Pause. – Merkwürdig, ich hab' was am rechten Auge ...Kann damit gar nicht sehen. Auch neulich, am Donnerstag, wie ich auf dem Bezirksgericht war ... – Anja tritt ins Zimmer. –

Warja: Warum schläfst du nicht, Anja?

Anja: Ich kann nicht einschlafen. Ganz unmöglich.

Gajew: Mein Herzchen ... – Küsst Anja Gesicht und Hände. – Mein liebes Mädchen ... – Unter Tränen. – Du bist nicht meine Nichte, du bist mein Engel, mein Alles. Glaub' es mir, glaub's ...

Anja: Ich glaube dir, Onkel, wir lieben und achten dich alle ... aber lieber Onkel, du solltest viel weniger reden. Was hast du da wieder von meiner Mutter gesagt, von deiner eigenen Schwester? Warum sagst du so etwas?

Gajew: Ja, ja ... Verdeckt sein Gesicht mit ihrer Hand. Das ist schrecklich, in der Tat! O Gott, steh' mir bei! Auch vorhin, diese Rede vor dem Bücherschrank ... wie albern! Erst als ich zu Ende war, merkte ich, wie dumm ich mich benommen hatte.

Warja: Das stimmt, Onkelchen. Sie sollten viel weniger reden. Schweigen Sie doch einfach!

Anja: Es wird dir viel leichter ums Herz sein, wenn du schweigst.

Gajew: Ich schweig' schon. – Küsst Anja und Warja die Hand. – Ich schweige schon. Nur noch ein Wort zur Sache. Am Donnerstag war ich auf dem Bezirksgericht, da blieben wir dann noch ein Weilchen beisammen, dies und das kam zur Sprache, vom Hundertsten ging's ins Tausendste – kurzum, ich hoffe, gegen Wechsel ein Darlehn zu bekommen und die Bankzinsen zu bezahlen.

Warja: Wenn doch Gott uns helfen wollte!

Gajew: Am Dienstag fahr' ich hin, um nochmal Rücksprache zu halten. – Zu Warja. – Heul' doch nicht. – Zu Anja. – Deine Mutter wird mit Lopachin reden, er wird ihr sicher keinen Korb geben ... Und du fährst, sobald du dich ausgeruht hast, nach Jaroslawl zu deiner Großtante, der Frau Gräfin. So nehmen wir die Sache von drei Seiten in Angriff – und sind gerettet. Die Zinsen werden wir bezahlen können, das glaub' ich ganz bestimmt … Steckt ein Bonbon in den Mund. Ich gebe dir mein Ehrenwort, das Gut wird nicht verkauft! – Lebhaft. – Bei meiner Seele schwör' ich's, hier hast du meine Hand, einen Waschlappen kannst du mich nennen, einen ehrlosen Wicht, wenn ich's zur Versteigerung kommen lasse. Bei allem, was mir heilig ist, schwör' ich's dir!

Anja beruhigt und glücklich: Wie gut du bist, Onkel. Wie lieb und klug. – Umarmt den Onkel. – Jetzt bin ich beruhigt. Ganz ruhig und glücklich bin ich.

Firs tritt ein; vorwurfsvoll: Leonid Andreïtsch, um Gotteswillen, wann wollen Sie endlich zu Bett gehen?

Gajew: Gleich, gleich. Geh' nur, Firs, ich brauche dich nicht mehr, werde schon allein ins Bett finden. Nun, Kinderchen, in die Federn! … Alles Nähere morgen, jetzt geht schlafen. – Küsst Anja und Warja. – Ich bin noch einer von der alten Garde, so aus den achtziger Jahren. Ich besitze meine Überzeugungen und habe für sie manches Opfer gebracht. Nicht umsonst ist mir der Bauer zugetan. Unsere Bauern muss man kennen! Man muss wissen, dass sie …

Anja: Schon wieder, Onkel!

Warja: Schweigen Sie doch, Onkelchen!

Firs ärgerlich: Leonid Andreïtsch!

Gajew: Ich gehe, ich gehe … Legt euch zu Bett. Ich spiele auf den Weißen, zweimal an die Bande … – Ab, hinter ihm trippelt Firs daher. –

Anja: Ich bin jetzt vollkommen beruhigt. Nach Jaroslawl zu fahren, hab' ich keine Lust, ich mag die Gräfin nicht. Aber sonst … hat mich der Onkel ganz beruhigt. – Setzt sich. –

Warja: Nun wollen wir doch schlafen gehen … Übrigens, während du fort warst, gab's hier allerhand Scherereien. Du weißt, im kleinen Gesindehaus wohnt die alte Dienerschaft: Jefimuschka, Polja, Jewstignej, na, und Karp. Es fand sich da allerhand Gesindel bei ihnen an, dem sie Nachtquartier gaben. Ich drückte ein Auge zu, bis mir hinterbracht wurde, dass sie böse Reden über mich führten, ich sei geizig, gebe ihnen schlecht zu essen, und so weiter. Jewstignej sollte dahinter stecken, hieß es – ich lasse ihn mir also kommen … gähnt und sage zu ihm: was bist du doch für ein dummer Kerl, Jewstignej! – Sieht Anja an. – Ännchen! … – Pause. Sie ist eingeschlafen … Nimmt Anjas Arm. – Nun geht's aber ins Bett … komm! – Führt sie. – Mein Seelchen ist eingedruselt. Komm ... – Sie gehen. Aus der Ferne, über den

Garten her, ertönt eine Hirtenflöte. Trofimow geht über die Bühne und bleibt beim Anblick der beiden Mädchen stehen.

Warja: S-st! Sie schläft … schläft … Komm, mein Kind.

Anja leise im Halbschlummer: Ich bin müde … Es klingt mir so im Ohr … Der Onkel ist … so lieb … Mama und der Onkel …

Warja: Komm, Kind, komm. – Beide ab in Warjas Zimmer. –

Trofimow gerührt: Meine Sonne! Mein Frühling! – Vorhang. –

Zweiter Aufzug

Freies Feld. Eine alte kleine Kapelle, vernachlässigt und verfallen; nebenan ein Brunnen, eine Anzahl großer Steine, die anscheinend früher als Grabplatten gedient haben, und eine alte Bank. Man sieht den Weg nach dem Gutshof der Gajews. Abseits erheben sich dunkle, hohe Pappeln: dort beginnt der Kirschgarten. In der Ferne eine Reihe von Telegrafenstangen, und ganz weit am Horizont die verschwommenen Umrisse einer großen Stadt, die man nur bei klarem, schönem Wetter deutlicher sieht. Kurz vor Sonnenuntergang. Auf der Bank sitzen Scharlotta, Jascha und Dunjascha; Epichodow steht, Gitarre spielend, daneben. Alle sind in träumerischer Stimmung. Scharlotta, mit einer alten Mütze, hat ein Jagdgewehr von der Schulter genommen und bastelt an der Riemenschnalle.

Scharlotta nachdenklich: Ich hab' gar keinen richtigen Pass – ich weiß nicht, wie alt ich bin; mir ist immer, als wär' ich noch ganz jung. Als kleines Mädchen zog ich mit meinen Eltern auf Jahrmärkten umher, sie gaben da Vorstellungen, und ich machte denn Saltomortale und allerhand andere Kunststücke. Dann starben die Eltern, und ich kam zu einer deutschen Dame, die mich unterrichtete. So wuchs ich heran und wurde schließlich Gouvernante. Woher ich bin, wer ich bin, weiß ich nicht. Zieht eine Gurke aus der Tasche und isst. Nichts weiß ich. – Pause. – Ich möcht' mich mal gern so richtig aussprechen, aber bei wem? Ich hab' doch keinen Menschen auf der Welt.

Epichodow spielt auf der Gitarre und singt: »Was kümmert mich der Lärm der Welt, was sind mir Freund' und Feinde ...« Wie schön ist's doch, wenn man Mandoline spielen kann!

Dunjascha: Das ist eine Gitarre und keine Mandoline! Beguckt sich im Spiegel und pudert sich.

Epichodow: Für einen verliebten Narren ist es eine Mandoline ... Singt. »Wenn sich in treuer Liebe nur ein treues Herz mir einte ...« – Jascha singt leise mit. –

Scharlotta: Schrecklich singen die Leute ... pfui! Das reine Schakalgeheul!

Dunjascha zu Jascha: So eine Reise ins Ausland muss doch wunderschön sein.

Jascha: Das will ich meinen. Bin ganz Ihrer Ansicht. – Gähnt erst und zündet sich dann eine Zigarre an. –

Epichodow: Das unterliegt keinem Zweifel. Im Ausland ist alles ganz perfekt.

Jascha: So ist's.

Epichodow: Ich bin ein fortgeschrittener Mensch, ich lese allerhand hervorragende Bücher, und doch kann ich meine geistige Richtung nicht begreifen, was ich eigentlich will – ob ich weiterleben oder mich totschießen soll, gewissermaßen … Ich trage immer einen Revolver bei mir, nichtsdestoweniger, da ist er … Zeigt seinen Revolver.

Scharlotta: So – fertig! Hängt das Gewehr über die Schulter. Du bist ein ganz gescheiter Kerl, Epichodow, und dabei hast du so was Imponierendes. Die Weiber haben dich wohl sehr gern? Brrr! – Entfernt sich. – Diese gescheiten Menschen sind alle miteinander Esel, nicht ein Ton lässt sich mit ihnen reden … Ich bin allein, ganz mutterseelenallein auf der Welt, hab' niemand, mit dem ich mich aussprechen könnte … Wer ich bin, wozu ich da bin, – kein Mensch kann mir's sagen … – Langsam ab. –

Epichodow: Genau genommen, ohne auf die Einzelheiten einzugehen, kann ich wohl sagen, dass das Schicksal mich mitleidslos behandelt, wie der Sturm ein Schifflein. Angenommen, ich irre mich – wie kommt es dann, dass ich heute früh beim Erwachen plötzlich, beispielsweise, auf meiner Brust eine riesengroße Spinne sehe? … So groß. – Zeigt mit beiden Händen. – Oder ich nehm' ein Glas Bier in die Hand und will trinken, und mit einem Mal seh' ich etwas ganz Abscheuliches darin herumschwimmen, nämlich eine Schabe! – Pause. – Haben Sie Buckle gelesen? – Pause. – Zu Dunjascha. Ich möcht' ein paar Worte mit Ihnen reden, Awdotja Fjodorowna … darf ich bitten?

Dunjascha: Reden Sie!

Epichodow: Unter vier Augen, möcht' ich bitten ... Seufzt.

Dunjascha verwirrt. Schön … aber holen Sie mir erst mal meinen Umhang … neben dem Spind hängt er … Es ist hier so kühl ...

Epichodow: Schön, ich hol' ihn … Jetzt weiß ich, wozu ich meinen Revolver habe … – Auf der Gitarre klimpernd ab. –

Jascha: Der Unglücksrabe! Ein Schafskopf, unter uns gesagt. – Gähnt. –

Dunjascha: Dass er sich bloß nicht erschießt. – Pause. – Ich bin so empfindlich geworden, jede Kleinigkeit regt mich auf. Ich bin schon als kleines Mädchen zur Herrschaft gekommen, da bin ich das einfache Leben gar nicht mehr gewöhnt. Da, sehen Sie, ich hab' so weiße Hände, ganz wie ein Fräulein. Und so zart bin ich, so delikat und ängstlich … alles erschreckt mich. Wenn Sie mich zum Beispiel betrügen sollten, Jascha – ich weiß nicht, was mit meinen Nerven würde.

Jascha küsst sie: Mein Schnutchen! Gewiss, natürlich, jedes anständige Mädchen muss auf sich halten. Nichts ist mir so zuwider wie ein schlechtes Benehmen.

Dunjascha: Ich hab' Sie so liebgewonnen! Sie sind so gebildet, können über alles so fein reden! – Pause. –

Jascha gähnt: Nja … Ich meine, wenn ein Mädel sich wegwirft, dann taugt es eben nichts … – Pause. – Zu fein schmeckt so eine Zigarre im Freien … – Horcht. – Es kommt jemand … die Herrschaften jedenfalls. – Dunjascha umarmt ihn hastig. –

Jascha: Gehen Sie nach Hause … tun Sie, als wären Sie baden gewesen. Hier den Fußweg gehen Sie lang, sonst begegnen Sie noch jemandem. Man denkt gar, wir hätten uns ein Stelldichein gegeben, und das mag ich nicht.

Dunjascha hustet leise: Ich habe Kopfschmerzen von dem Zigarrenrauch. – Ab. Jascha bleibt allein zurück, er sitzt auf der Bank neben der Kapelle. Ljubow Andrejewna, Gajew und Lopachin kommen heran. –

Lopachin: Die Zeit drängt, es heißt jetzt einen Entschluss fassen. Wollen Sie parzellieren? Antworten Sie kurz: ja oder nein?

Ljubow Andrejewna: Wer raucht denn hier so abscheuliche Zigarren? – Setzt sich. –

Gajew: Wie bequem das doch ist, dass wir jetzt hier die Bahn haben! – Setzt sich. – Will man mal gut frühstücken, steigt man einfach ins Kupee und fährt nach der Stadt … Den Gelben in die Mitte! Ich möcht' am liebsten nach Hause gehen und eine Partie Billard spielen …

Ljubow Andrejewna: Die läuft dir nicht weg.

Lopachin: Nur ein einziges Wort! – Bittend. – Geben Sie mir doch endlich eine klare Antwort!

Gajew gähnend. Wie war das?

Ljubow Andrejewna sieht in ihr Portemonnaie: Gestern war's voll, und heut' ist's schon wieder Ebbe. Die arme Warja spart, kocht nichts als Milchsuppen, füttert die Leute mit Erbsen, und ich verschleudere das Geld so unvernünftig … – Lässt das Portemonnaie fallen, dass die Goldstücke herausrollen. Nun rollen sie hin! Wird ärgerlich. –

Jascha: Gestatten Sie, ich such' sie zusammen. –Hebt das Geld auf. –

Ljubow Andrejewna: Seien Sie so gut, Jascha. Was hat das nur für einen Sinn – nach der Stadt zu fahren, bloß um zu frühstücken? Und so ein ruppiges Lokal – die Musik taugt nichts, die Tischtücher riechen nach Seife … Man isst und trinkt viel zu viel – wozu das alles, Ljonja? Und man schwatzt auch viel zu viel. Du hast heut' wieder alles Mögliche zusammengeredet, lauter überflüssiges Zeug, von den siebziger Jahren, von der neuen Literatur, und zu wem hast du geredet? Zu den Kellnern! Mit Kellnern hast du über Literatur disputiert!

Lopachin: Ja …

Gajew achselzuckend: Ich bin eben unverbesserlich … Erregt zu Jascha. Was ist denn das? In einem fort drehst du dich mir hier vor den Augen herum ...

Jascha lacht: Ich muss immer lachen, wenn ich Sie reden höre.

Gajew zu seiner Schwester: Entweder ich oder er …

Ljubow Andrejewna: Gehen Sie, Jascha, entfernen Sie sich ...

Jascha reicht ihr das Portemonnaie: Ich gehe schon … – Hält sein Lachen nur mühsam zurück. – Ich geh' … – Ab. –

Lopachin: Der reiche Deriganow will Ihr Gut kaufen. Es heißt, er will selbst zur Versteigerung kommen.

Ljubow Andrejewna: Woher wissen sie das?

Lopachin: In der Stadt erzählt man's.

Gajew: Die Tante in Jaroslawl hat uns Geld versprochen – aber wann sie es schickt, und wie viel, kann ich noch nicht sagen.

Lopachin: Wie viel wird sie schicken? Hundert-, zweihunderttausend?

Ljubow Andrejewna: Nun, wenn's auch nur zehn- oder fünfzehntausend sind, ist uns schon geholfen.

Lopachin: Verzeihen sie, so leichtsinnige Herrschaften wie Sie, so unerfahrene, sonderbare Leute sind mir noch nie vorgekommen. Ich sage Ihnen klipp und klar, Ihr Gut kommt unter den Hammer, und Sie tun, als sei das gar nichts.

Ljubow Andrejewna: Was sollen wir machen? So belehren Sie uns doch!

Lopachin: Tag für Tag gebe ich mir Mühe, Sie zu belehren. Tag für Tag rede und rede ich, immer ein und dasselbe. Sie sollen den Kirschgarten und das ganze Terrain am Fluss parzellieren und Sommerhäuschen darauf bauen, und zwar sofort,

104

jetzt, in diesem Augenblick. Der Versteigerungstermin steht vor der Tür. Begreifen sie doch endlich! Sobald Sie sich erst mal zu der Parzellierung entschlossen haben, steht Ihnen so viel Geld zur Verfügung, wie Sie nur wollen, und Sie sind gerettet.

Ljubow Andrejewna: Sommerhäuschen, Sommergäste – das klingt so gewöhnlich, nehmen Sie mir's nicht übel.

Gajew: Ich bin ganz deiner Meinung.

Lopachin: Weinen möcht' ich, schreien, in Ohnmacht fallen, wenn ich das höre. Ich halt's nicht länger aus, Sie foltern mich zu Tode. – Zu Gajew. – Sie sind ein altes Weib!

Gajew: Wie war das?

Lopachin: Ein altes Weib sind Sie! Will gehen.

Ljubow Andrejewna erschrocken: Nicht doch, Sie werden doch nicht gehen! Bleiben Sie, mein Lieber, ich bitte Sie darum. Es ist gemütlicher, wenn Sie da sind … – Pause. – Mir ist immer so unheimlich zumute, als ob etwas Schreckliches eintreten müsste, als ob das Dach über uns einstürzen sollte …

Gajew in tiefem Nachdenken: Dublee in die Ecke! … Den Roten in die Mitte!

Ljubow Andrejewna: Wir haben auch zu arg gesündigt.

Lopachin: Was haben Sie schon arg gesündigt.

Gajew steckt einen Bonbon in den Mund: Man erzählt sich, ich hätte mein ganzes Vermögen in Bonbons vernascht …

Ljubow Andrejewna: O, meine Sünden, meine Sünden! … Ich bin mit dem Geld immer umgegangen wie eine Verrückte. Einen Schuldenmacher hab' ich geheiratet, der sich am Champagner totgetrunken hat, und dann hab' ich mich an einen andern gehängt, der es auch nicht besser trieb. Der Tod meines Jungen war die erste Strafe, er traf mich wie ein Schlag auf den Kopf. Ich floh blindlings, fort, nur fort, ins Ausland, um diesen Fluss nicht mehr zu sehen, der mir mein Kind geraubt hatte. Jener kam mir nach, und als er dort krank wurde, kaufte ich die Villa bei Mentone und pflegte ihn drei Jahre lang, gönnte mir Tag und Nacht keine Ruhe und kam selbst ganz und gar herunter. Und im vorigen Jahr, als man Schulden halber meine Villa verkauft hatte, fuhr ich nach Paris, und hier nahm mir der Mensch mein Letztes, wandte sich einer andern zu und ließ mich elend sitzen. Ich machte einen Selbstmordversuch … so dumm … so kläglich … und plötzlich erwachte in mir die Sehn-

sucht nach Russland, nach der Heimat, nach meinen lieben kleinen Mädchen ...
Wischt sich die Tränen aus den Augen. O Gott, mein Gott, sei mir gnädig, vergib
mir meine Sünden! Straf' mich nicht länger! Zieht ein Telegramm aus der Tasche.
Das hab' ich heute aus Paris bekommen ... Er bittet um Verzeihung, fleht mich an,
ich möchte zu ihm zurückkommen ... Zerreißt das Telegramm. Lauscht. Ist das
nicht Musik?

Gajew: Das ist unser berühmtes jüdisches Orchester. Vier Geigen, Flöte und Kon-
trabass – weißt du noch?

Ljubow Andrejewna: Existiert es noch? Könnte man sie nicht mal herbestellen zu
einer Abendunterhaltung?

Lopachin horcht: Ich höre nichts ... – Lacht. – Gestern war ich im Theater, man gab
ein sehr spaßiges Stück, wirklich zum Lachen.

Ljubow Andrejewna: Was mag's da zum Lachen gegeben haben! Über euch selbst
solltet ihr lachen – über das Jammerleben, das ihr führt ... und nicht so viel schwat-
zen solltet ihr ...

Lopachin: Das stimmt schon. Ein richtiges Narrenleben führen wir. – Pause. – Mein
Vater war ein Bauer, ein Idiot, der von nichts was verstand, der mir nichts beibrach-
te und mich mit dem Knüppel schlug, wenn er betrunken war. Und ich hab's nicht
viel weiter gebracht, ein dummer Teufel bin ich geblieben, und eine Handschrift
hab' ich, schämen sollt' ich mich, die richtigen Krähenfüße.

Ljubow Andrejewna: Sie sollten heiraten, mein Lieber.

Lopachin: Ja, das sollt ich wohl.

Ljubow Andrejewna: Heiraten sie unsere Warja. Sie ist ein liebes Mädel.

Lopachin: Ja.

Ljubow Andrejewna: Sie ist einfach erzogen, ist gut und brav, und vor allem: sie
hat Sie gern. Sie haben doch längst ein Auge auf sie geworfen.

Lopachin: Ich bin nicht abgeneigt ... Sie ist ein liebes Mädel. – Pause. –

Gajew: Mir hat man eine Stellung in der Bank angeboten ... Sechstausend Rubel
jährlich . . weißt du schon?

Ljubow Andrejewna: Unsinn! Bleib' wo du bist!

Firs kommt mit einem Paletot. Zu Gajew: Es ist kühl, Herr, ziehen Sie ihn gefälligst über.

Gajew zieht den Paletot an: Bist ein langweiliger Peter.

Firs: Schon gut … Heute früh sind Sie auch weggefahren, ohne mir ein Wort zu sagen. Mustert ihn.

Ljubow Andrejewna: Bist doch sehr gealtert, lieber Firs.

Firs: Was beliebt?

Lopachin: Sehr gealtert bist du!

Firs: Ich lebe ja auch schon lang genug. Als ihr Herr Papa noch gar nicht auf der Welt war, da sollt' ich schon heiraten. Und wie die Bauernbefreiung kam, war ich schon erster Kammerdiener. Ich wollt' aber gar nicht frei werden, sondern blieb fein bei meiner Herrschaft … Pause. Alle freuten sich damals so, aber worüber sie sich freuten, das wussten sie selber nicht.

Lopachin ironisch: Sehr schön ist's früher gewesen. An Prügel wenigstens hat's nicht gefehlt.

Firs der ihn nicht verstanden hat: Das wollt' ich meinen. Hie Bauern, hie Herren – man wusste, woran man war. Jetzt läuft alles durcheinander, kein Mensch kennt sich mehr aus.

Gajew: Halt den Mund, Firs. Morgen muss ich zur Stadt. Ich soll da einen General kennenlernen, der Geld gegen Wechsel gibt.

Lopachin: Es wird nichts dabei herauskommen. Sie werden die Zinsen nicht zahlen können, sag' ich Ihnen.

Ljubow Andrejewna: Er phantasiert ja. Es gibt gar keinen solchen General. – Trofimow, Anja und Warja kommen heran. –

Gajew: Ah, da kommt unser junges Völkchen!

Anja: Sieh' da, Mama auf der Brunnenbank!

Ljubow Andrejewna: Komm, komm ... Meine lieben Mädchen … – Umarmt Anja und Warja – Wenn ihr wüsstet, wie sehr ich euch liebe! Setzt euch hier neben mich – so! – Alle setzen sich. –

Lopachin: Unser ewiger Student hält sich immer an die jungen Damen.

Trofimow: Das geht Sie nichts an.

Lopachin: Fünfzig Jahre zählt er bald, und ist noch immer Student.

Trofimow: Lassen Sie Ihre dummen Scherze.

Lopachin: Nanu, du bist wohl gar böse? Sonderling!

Trofimow: Lass mich doch in Frieden!

Lopachin lacht: Darf man fragen, was Sie so von mir denken?

Trofimow: Was ich von Ihnen denke? Das will ich Ihnen sagen, Jermolaj Alexeje-witsch: Sie sind ein reicher Mann, vielleicht gar Millionär. Und wie das Raubtier, das alles frisst, was ihm in den Weg kommt, im Kreislauf des Stoffes seine Berechtigung hat, so sind auch Sie in der sozialen Welt eine Notwendigkeit. – Alle lachen. –

Warja: Erzählen Sie uns lieber was von den Planeten, Petja.

Ljubow Andrejewna: Nein, fahren wir in unsrer gestrigen Unterhaltung fort.

Trofimow: Worüber?

Gajew: Über den Edelmenschen.

Trofimow: Ach ja, darüber sprachen wir gestern lang und breit, ohne zu Ende zu kommen. Der Edelmensch, wie Sie ihn auffassen, hat entschieden etwas Mystisches. Vielleicht haben sie in Ihrer Art recht, aber wenn Sie die Dinge einfach und nüchtern, ohne Aufputz betrachten – was bleibt da von dem ganzen Edelmenschen übrig? Was für einen Sinn hat das Wort, wenn man die körperliche Hinfälligkeit des Menschen in Betracht zieht, wenn man bedenkt, wie ungebildet, unwissend und tief unglücklich der Mensch in der überwiegenden Mehrheit ist? Wir müssen aufhören, von uns entzückt zu sein … wir müssen einfach arbeiten, und nichts weiter.

Gajew: Das Ende ist doch schließlich der Tod.

Trofimow: Wer kann das wissen? Und was heißt »der Tod«? Vielleicht hat der Mensch hundert Sinne, von denen der Tod nur fünf vernichtet, während die übrigen fünfundneunzig weiter funktionieren.

Ljubow Andrejewna:. Wie gelehrt Sie doch sind, Petja.

Lopachin ironisch: Riesig gelehrt!

Trofimow: Die Menschheit schreitet fort und entwickelt stetig ihre Kräfte. Was ihr jetzt noch unerreichbar ist, wird ihr dereinst greifbar nahe sein, nur muss sie eben arbeiten, um zum Ziel zu gelangen, muss mit aller Macht diejenigen fördern, die die Wahrheit suchen. Bei uns in Russland arbeiten bis jetzt nur wenige. Die Intelligenz, die ich kenne, sucht überhaupt nichts, tut nichts und ist zur Arbeit unfähig. Sie nennt sich Intelligenz und duzt dabei ihre Dienstboten, behandelt die Bauern wie das Vieh, treibt die Studien ganz oberflächlich, liest nichts mit richtigem Ernst, schwatzt nur über Wissenschaft und hat für Kunst kein Verständnis. Alle tun wichtig und machen ernste Gesichter, alle philosophieren und reden nur von erhabenen Dingen, und dabei leben neunundneunzig Prozent von ihnen wie die Wilden, zanken und prügeln sich um jede Bagatelle, nähren sich erbärmlich, schlafen in Schmutz und Stank, leben inmitten von Ungeziefer, Unrat und sittlicher Fäulnis. Alle unsere schönen Reden und Gespräche haben offenbar nur den Zweck, uns selbst und die anderen zu täuschen … Zeigen Sie mir doch mal, wo bei uns die Kinderhorte und Lesehallen sind, von denen so viel geredet wird! Sie existieren nur in den Romanen, nicht aber in der Wirklichkeit. Unsere Wirklichkeit ist der Schmutz, die Gemeinheit, das Asiatentum … Ich fürchte mich vor diesen allzu ernsten Gesichtern und tiefsinnigen Gesprächen, ich liebe sie nicht … Schweigen wir lieber!

Lopachin: Sehen Sie – ich steh' um fünf Uhr morgens auf, arbeite von früh bis zum späten Abend, habe immer mit eignem und fremdem Geld zu tun, und da seh' ich so recht, wie die Leute sind. Man braucht nur irgendetwas zu unternehmen, gleich kommt man dahinter, wie wenige ehrliche und ordentliche Menschen es gibt. Manchmal, wenn ich in der Nacht keinen Schlaf finde, denk' ich so bei mir: »O Gott im Himmel, du hast uns nun diese riesigen Wälder, diese unabsehbaren Fluren, diese weiten Horizonte gegeben, da müssten doch auch wir, die wir mitten drin leben, so eine Art Riesen sein ...«

Ljubow Andrejewna: Was wollen sie mit Riesen? Die sind nur im Märchen gut und edel, in der Wirklichkeit erschrecken sie einen höchstens. – Im Hintergrund geht Epichodow, auf seiner Gitarre spielend, vorüber. –

Ljubow Andrejewna nachdenklich: Epichodow kommt …

Anja nachdenklich: Epichodow kommt …

Gajew: Die Sonne ist untergegangen, Herrschaften.

Trofimow: Ja.

Gajew leise, halb deklamierend: O Natur, du Wunderbare! Du strahlst im ewigen Lichte, voll Schönheit und schweigender Würde bist du, die wir unsere Mutter nennen! Du birgst Leben und Tod in dir, du ernährst und vernichtest …

Warja bittend: Onkelchen!

Anja: Onkel, schon wieder!

Trofimow: Machen sie lieber einen Dublee auf den Gelben …

Gajew: Ich schweig' schon, ich schweig' schon. – Alle sitzen in Nachdenken versunken da. Stille ringsum, man hört nur Firs vor sich hinmurmeln. Plötzlich erklingt in der Ferne ein Ton, wie vom Himmel kommend, wie der Ton einer gesprungenen Saite, ersterbend, traurig. –

Ljubow Andrejewna: Was war das?

Lopachin: Ich weiß nicht. Vielleicht ist irgendwo in einem Schacht ein Förderseil gerissen. Es muss sehr, sehr weit sein.

Gajew: Es kann auch ein Vogel gewesen sein, ein Reiher vielleicht.

Trofimow: Oder ein Uhu …

Ljubow Andrejewna zusammenschauernd. Es klang so unheimlich. – Pause. –

Firs: Vor dem Unglück damals war's genau so, die Eule schrie, und der Samowar summte in einem fort.

Gajew: Vor welchem Unglück?

Firs: Vor der Bauernbefreiung. – Pause. –

Ljubow Andrejewna: Ich denke, wir gehen, meine Lieben, es ist schon spät. – Zu Anja. – Du hast Tränen in den Augen – was ist dir, Kind? Umarmt sie.

Anja: Nichts, Mama … Nur so …

Trofimow: Es kommt jemand. – Ein Landstreicher in Paletot und abgetragener weißer Mütze erscheint; er ist leicht angetrunken. –

Der Landstreicher: Darf ich fragen, ob ich hier richtig auf dem Weg zur Station bin?

Gajew: Ja, immer geradeaus.

Der Landstreicher: Danke ergebenst. – Hustet. – Ein herrliches Wetter … – Deklamiert. – »O Bruder, vielgeprüfter Bruder mein … Geh', such' am Wolgaufer die Erholung …« – Zu Warja. – Mademoiselle, ein hungernder Landsmann bittet Sie um dreißig Kopeken … – Warja stößt erschrocken einen Schrei aus. –

110

Lopachin ärgerlich: Hör' mal, du – alter Freund, nicht zu weit gegangen!

Ljubow Andrejewna ängstlich: Nehmen Sie … da … – Sucht im Portemonnaie. – Ich habe kein Silbergeld … Hier, nehmen Sie das Goldstück …

Der Landstreicher: Danke ergebenst! – Ab. Lachen. –

Warja erschrocken: Ich halt' das nicht aus … Ich geh' fort, Mamachen! Zu Hause haben die Leute nichts zu essen, und Sie geben dem Menschen ein Goldstück!

Ljubow Andrejewna: Was ist schon, ich bin mal so närrisch. Zu Hause gebe ich dir alles, was ich habe. Jermolai Alexeïtsch, Sie borgen mir doch noch was?

Lopachin: Ich stehe zu Diensten.

Ljubow Andrejewna: Kommen Sie, Herrschaften, es ist Zeit. Wir haben dich übrigens unter die Haube gebracht, Warja. Ich gratuliere.

Warja unter Tränen: Mit solchen Dingen scherzt man nicht, Mama.

Lopachin: Geh' in ein Kloster, Ochmelia!

Gajew: Mir zittern förmlich die Hände, ich hab' schon lange nicht Billard gespielt.

Lopachin: Schließ mich in dein Gebet ein, Ochmelia, schöne Nymphe!

Ljubow Andrejewna: Gehen wir endlich. Es gibt gleich Abendbrot.
Warja: Wie mich dieser Mensch erschreckt hat! Förmlich Herzklopfen hab' ich bekommen.
Lopachin: Vergessen Sie nicht, Herrschaften, am 2.. August kommt der Kirschgarten unter den Hammer! Denken Sie daran! – Alle ab, außer Trofimow und Anja. –

Anja lacht: Der Bettler hat Warja verscheucht, nun sind wir allein.

Trofimow: Sie fürchtet, wir könnten uns ineinander verlieben, und geht uns nicht vom Halse. Ihr enger Schädel erfasst es nicht, dass wir über der Liebe stehen. All das Kleinliche, Trügerische abstreifen, das uns hindert, glücklich zu sein – das ist der Sinn und das Ziel unseres Lebens. Nur vorwärts! Wir schreiten unaufhaltsam dem hellen Stern entgegen, der dort in der Ferne erglänzt! Vorwärts! Bleibt nicht zurück, o Freunde!

Anja in die Hände klatschend: Wie schön Sie sprechen! – Pause. – Heut ist es hier ganz herrlich!

Trofimow: Ja, ein wundervolles Wetter.

Anja: Was haben Sie mit mir gemacht, Petja? Wie kommt's, dass ich den Kirschgarten nicht mehr so liebe wie früher? Ich liebte ihn so zärtlich, ich war fest davon überzeugt, dass es keinen schöneren Ort auf Erden gebe, als unseren Garten.

Trofimow: Ganz Russland ist unser Garten. Die Erde ist groß und schön, und es gibt auf ihr gar viele wundervolle Orte. – Pause. – Bedenken Sie, Anja: Ihr Großvater, Ihr Urgroßvater und alle Ihre Vorfahren waren Sklavenhalter, Gebieter über lebendige Seelen; jede Frucht im Garten, jedes Blatt am Baum spricht von den menschlichen Wesen, die hier in Knechtschaft gelebt haben. O, dieser Garten hat etwas Schreckliches, und wenn man des Nachts ihn durchschreitet und die alte Rinde der Stämme in matten Reflexen erschimmern sieht, dann ist es, als ob diese Kirschbäume träumten, als ob sie in quälenden Visionen sähen, was hier vor hundert, vor zweihundert Jahren geschah. Was soll man schon viel Worte machen, wir sind um wenigstens zweihundert Jahre in der Entwicklung zurück, bei uns ist noch so gut wie nichts geschehen, wir haben noch gar keine Distanz zu unserer Vergangenheit gewonnen, wir philosophieren nur, klagen über Langeweile oder trinken Branntwein. Es ist ja doch sonnenklar: um wirklich und lebendig mit der Gegenwart zu leben, müssen wir erst mit der Vergangenheit abschließen und sie abbüßen, und das können wir nur durch hartes Leid, durch unermüdliche, anstrengende Arbeit erreichen. Merken Sie sich das, Anja!

Anja: Das Haus, in dem wir wohnen, gehört uns längst nicht mehr. Ich werde es verlassen, mein Wort darauf.

Trofimow: Wenn Sie die Schlüssel der Wirtschaft hier führen, dann werfen Sie sie in diesen Brunnen und gehen Sie auf und davon. Seien Sie frei, wie der Wind der Steppe!

Anja entzückt: Wie schön Sie das gesagt haben.

Trofimow: Glauben Sie mir, Anja, glauben Sie! Ich zähle noch nicht dreißig, bin noch jung, noch Student, und habe doch schon so unendlich viel durchgemacht. Hunger und Elend, Krankheit und Not hab' ich ertragen wie nur irgendein Bettler, von Ort zu Ort hat mich das Schicksal gejagt. Immer jedoch, jeden Augenblick, bei Tag und Nacht, blieb meine Seele von geheimnisvollen Ahnungen erfüllt; ich ahne das Glück, Anja – ja, ich sehe es schon …

Anja nachdenklich: Der Mond geht auf. – Man hört Epichodow immer noch dieselbe traurige Melodie auf der Gitarre spielen. Der Mond steigt empor. Irgendwo in der Nähe der Pappeln ruft Warja. –

Warja .Anja, Anja!

Trofimow: Ja, der Mond geht auf. – Pause. –

Trofimow: Das ist es, das Glück – da kommt es heran, immer näher und näher, ich höre bereits seine Schritte. Und wenn wir es nicht erblicken und erkennen – was schadet es? Dann werden andere es schauen!

Warjas Stimme: Anja, wo bist du?

Trofimow: Nein, diese Warja! – Ärgerlich. – Zu albern.

Anja: Lassen Sie sie! Gehen wir an den Fluss, dort ist's schön.

Trofimow: Kommen Sie! – Beide ab. –

Warjas Stimme: Anja, Anja! – Vorhang. –

Dritter Aufzug

Gesellschaftszimmer, das durch eine Bogentür von Saal getrennt ist. Der Kronleuchter brennt. Im Vorzimmer spielt das jüdische Orchester, von dem im zweiten Aufzug die Rede ist. Im Saal wird die *»grande ronde«* getanzt. Ssimeonow-Pischtschiks Stimme: *»Promenade à une paire!«* Im Gesellschaftszimmer erscheinen als erstes Paar Pischtschik und Scharlotta Iwanowna, als zweites Trofimow und Ljubow Andrejewna, als drittes Anja mit dem Posthalter, als viertes Warja mit dem Stationsvorsteher usw. Warja weint still und wischt sich während des Tanzes die Tränen ab. Im letzten Paare Dunjascha. Sie schreiten durch das Zimmer; Pischtschik ruft: *»Grande ronde, balançez!«* und *»Les cavaliers à genou et remerciez vos dames!«* Firs im Frack, bringt Selterwasser auf einem Präsentierbrett. Pischtschik und Trofimow betreten das Gesellschaftszimmer.

Pischtschik: Ich bin vollblütig, hab' schon zweimal einen Schlaganfall gehabt. Das Tanzen fällt mir schwer, aber schließlich: mit den Wölfen muss man heulen. Sonst hab' ich eine Pferdenatur. Mein verstorbener Vater, Gott hab' ihn selig, war ein großer Witzbold – er meinte, das alte Geschlecht der Ssimeonow-Pischtschiks stamme direkt von dem Pferd ab, das Kaiser Caligula zum Senator ernannte … – Setzt sich. – Mein ganzes Unglück ist, dass ich kein Geld habe. Ein hungriger Hund glaubt nur an Fleisch … Schnarcht und wacht gleich wieder auf. So hab auch ich … nur für Geld …

Trofimow: Sie haben in Ihrer Erscheinung tatsächlich etwas vom Pferd.

Pischtschik: Nun, das Pferd ist ein sehr nützliches Tier … ein Pferd kann man verkaufen … – Man hört, dass im Zimmer nebenan Billard gespielt wird. Im Saal unter der Bogenwölbung erscheint Warja. –

Trofimow neckend: Madame Lopachin! Madame Lopachin.

Warja ärgerlich: Ewiger Student! Ewiger Student!

Trofimow: Ich bin stolz auf mein ewiges Studententum.

Warja: Da hat man nun die Musikanten kommen lassen – und wer soll sie bezahlen? – Ab. –

Trofimow zu Pischtschik: Hätten Sie die Energie, die Sie in Ihrem Leben zum Auftreiben von Zinsen verwandt haben, einem besseren Zweck gewidmet – Sie hätten die Welt aus den Angeln gehoben.

Pischtschik: Der berühmte Philosoph Nietzsche sagt irgendwo in seinen Werken, es sei erlaubt, falsche Banknoten zu machen.

114

Trofimow: Haben Sie Nietzsche gelesen?

Pischtschik: Nein ... meine Daschenjka hat es mir gesagt. Ich bin augenblicklich in einer Lage, dass ich zum Falschmünzer werden möchte ... Übermorgen soll ich 310 Rubel bezahlen. 130 hab' ich schon zusammen. Betastet seine Taschen, erschrocken. Ich hab' sie verloren! Ich habe das Geld verloren! Unter Tränen. Wo ist das Geld? Freudig. Da ist's, es ist hinters Futter gerutscht ... Der Schweiß ist mir förmlich auf die Stirn getreten ... – Ljubow Andrejewna und Scharlotta Iwanowna treten ein. –

Ljubow Andrejewna singt leise die Lesghinka vor sich hin: Warum bleibt Leonid nur so lange? Was macht er in der Stadt? – Zu Dunjascha. – Dunjascha, bringen Sie den Musikanten doch Tee!

Trofimow: Die Versteigerung hat wohl nicht stattgefunden ...

Ljubow Andrejewna: Die Musikanten, der Ball ... das haben wir alles so zur Unzeit arrangiert ... Dich ... was tut's schon ... Setzt sich und singt leise.

Scharlotta reicht Pischtschik ein Spiel Karten: Hier haben Sie ein Spiel Karten. Merken Sie sich irgendeine Karte.

Pischtschik: Schon gemacht.

Scharlotta: Mischen Sie jetzt die Karten! So – nun geben Sie sie her, mein lieber Herr Pischtschik. Eins, zwei, drei! Die Karte, die Sie sich gemerkt haben, ist in Ihrer Brusttasche – sehen Sie nach!

Pischtschik zieht eine Spielkarte aus seiner Brusttasche: Die Pik-Acht! In der Tat ... – Verwundert. – Was sagt man dazu?

Scharlotta hält das Kartenspiel auf der flachen Hand zu Trofimow: Sagen Sie rasch, welche Karte soll oben liegen?

Trofimow: Welche Karte? Nun – die Pik-Dame.

Scharlotta. Da ist sie! – Zu Pischtschik. – Nun? Welche Karte liegt oben?

Pischtschik: Coeur-Ass!

Scharlotta: Da ist es ... – Klopft auf die flache Hand, das Kartenspiel verschwindet. – Was für ein prächtiges Wetter heute ist! – Eine geheimnisvolle Frauenstimme, die unter dem Fußboden hervorzukommen scheint, antwortet ihr. –

Die Stimme: O ja, meine Gnädige, das Wetter ist herrlich.

Scharlotta: Wie schön Sie sind, mein Ideal!

Die Stimme: Auch Sie gefallen mir sehr gut, meine Gnädige!

Der Stationsvorsteher klatscht Beifall: Das Fräulein ist Bauchrednerin! Bravo, Bravo!

Pischtschik verwundert: Was sagt man dazu? Entzückende Scharlotta Iwanowna, ich bin geradezu verliebt ...

Scharlotta: Verliebt? Können Sie denn lieben? Ein guter Mensch, aber ein schlechter Musikant …

Trofimow klopft Pischtschik auf die Schulter: Da haben Sie's … Sie Pferd!

Scharlotta: Ich bitte um Aufmerksamkeit, noch ein kleines Kunststück. – Nimmt ein Plaid vom Stuhl. – Ich habe hier ein sehr schönes Plaid, das ich gern verkaufen möchte. – Schüttelt das Plaid. – Will es jemand kaufen?

Pischtschik verwundert: Was sagt man dazu?

Scharlotta: Eins, zwei, drei! Hebt rasch das breit herabhängende Plaid auf – dahinter steht Anja, die ihre Reverenz macht, zu ihrer Mutter hineilt, sie umarmt und unter allgemeinem Beifall in den Saal zurückeilt. –

Ljubow Andrejewna applaudiert: Bravo, bravo!

Scharlotta: Noch etwas. Eins, zwei, drei! – Hebt das Plaid auf; hinter dem Plaid steht Warja und verneigt sich. –

Pischtschik verwundert: Was sagt man dazu?

Scharlotta Schluss! – Wirft das Plaid auf Pischtschik, macht ihrer Reverenz und eilt in den Saal. –

Pischtschik hinter ihr hereilend: So eine Spitzbübin! Na, wart' mal! – Ab. –

Ljubow Andrejewna: Und Leonid kommt und kommt nicht. Ich begreife nicht, was er so lange in der Stadt macht. Es muss doch längst alles entschieden sein – entweder ist das Gut verkauft, oder die Versteigerung hat noch nicht stattgefunden. Wie kann er mich so lange in Ungewissheit lassen?

Warja sucht sie zu trösten: Der Onkel hat es gekauft. Ich bin fest überzeugt davon.

116

Trofimow spöttisch: So!

Warja: Die Gräfin hat ihm doch Vollmacht geschickt, er soll das Gut, unter Überschreibung der Schuld, auf ihren Namen erstehen. Sie hat es für Anja bestimmt. Gott wird uns helfen ... ich bin überzeugt, dass der Onkel es gekauft hat.

Ljubow Andrejewna: Die Tante in Jaroslawl hat fünfzehntausend Rubel geschickt, wir sollen das Gut auf ihren Namen kaufen. Uns traut sie nicht. Das Geld reicht leider nicht mal zur Bezahlung der Zinsen. – Bedeckt ihr Gesicht mit den Händen. – Heut' entscheidet sich mein Schicksal.

Trofimow neckt Warja: Madame Lopachin!

Warja ärgerlich: Ewiger Student! Zweimal schon hat man ihn von der Universität fortgejagt!

Ljubow Andrejewna: Was ärgerst du dich denn, Warja? Dass er dich mit Lopachin neckt? Lass ihn doch! Lopachin ist ein braver Mensch, ich finde ihn sogar interessant. Heirate ihn, oder heirate ihn nicht, kein Mensch wird dich zwingen.

Warja: Ich sehe die Sache ernst an, Mamachen, und ich will ganz offen sein: er gefällt mir.

Ljubow Andrejewna: Gut, dann heirate ihn. Ich begreife nicht, warum du noch zögerst.

Warja: Ich kann mich ihm doch nicht anbieten! Seit zwei Jahren spricht alle Welt mir von ihm, und – er schweigt oder macht höchstens einen Scherz. Ich versteh' ihn wohl, er lebt ganz in seinen Geschäften und wird mit jedem Tag reicher – was soll ihm da ein Mädchen wie ich? Hätte ich Geld, und sei's auch nur ganz wenig, nur hundert Rubel, dann würde ich alles liegen lassen und in die Welt ziehen. In ein Kloster ginge ich.

Trofimow: Die Seligkeit!

Warja zu Trofimow: Von einem Studenten verlangt man doch etwas mehr Einsicht. – Sanft, unter Tränen. – Sie sehen wirklich ganz jämmerlich aus, Petja, so alt! – Zu Ljubow Andrejewna, nicht mehr weinend. – Nur ohne Beschäftigung kann ich nicht sein, Mamachen, das halt' ich nicht aus.

Jascha tritt ein, kann sich kaum halten vor Lachen: Epichodow hat ein Billardqueue zerbrochen! – Ab. –

Warja: Was hat Epichodow hier zu suchen? Wer hat ihm das Billardspielen erlaubt? Ich verstehe diese Menschen nicht. Ab.

Ljubow Andrejewna: Necken Sie sie nicht, Petja, Sie sehen, sie hat ohnedies Sorgen genug.

Trofimow: Sie ist schon gar zu diensteifrig und steckt die Nase viel zu viel in fremde Angelegenheiten. Den ganzen Sommer war sie hinter mir und Anja her, dass ja keine Liebelei zwischen uns entstehe. Was geht sie das an? Dabei denk' ich gar nicht an so was, alle solche Abgeschmacktheiten liegen mir fern. Wir stehen über der Liebe.

Ljubow Andrejewna: Und ich muss sagen, ich stehe unter der Liebe. In heftiger Unruhe. Warum Leonid nicht kommt? Ich möchte nur eins wissen: ob das Gut verkauft ist oder nicht. Das Unglück erscheint mir ganz unfassbar; ich weiß nicht, was ich denken soll. Schreien könnt' ich, irgendeine Dummheit begehen. Retten sie mich, Petja: reden Sie, reden Sie, irgendetwas ...

Trofimow: Ist's nicht ganz gleich, ob das Gut heute oder morgen unter den Hammer kommt? Es ist doch längst verfallen, es gibt keine Wiederkehr für Sie, keinen Rückweg. Beruhigen sie sich, Verehrte, man darf sich nicht selbst belügen – blicken Sie der Wahrheit wenigstens einmal im Leben offen ins Auge!

Ljubow Andrejewna: Welcher Wahrheit? Sie sehen, wo die Wahrheit oder die Unwahrheit ist, ich aber habe einfach die Sehkraft verloren, ich sehe gar nichts. Sie wagen sich mutig an die Entscheidung aller wichtigen Fragen – aber sagen Sie, mein Lieber: Geschieht das nicht einfach darum, weil Sie noch so jung sind, weil Sie noch keine Zeit hatten, auch nur eine dieser Fragen in Ihrem eigenen Ich zu erproben? Sie schauen kühn in die Zukunft: vielleicht nur darum, weil Sie nichts Schlimmes sehen und erwarten, da das Leben noch vor Ihren jungen Augen verborgen ist. Sie sind kühner, ehrlicher, tiefer als wir Alten, aber versetzen Sie sich in unsere Lage, urteilen sie rücksichtsvoll, schonen Sie mich! Ich bin hier geboren, meine Eltern und Großeltern haben hier gelebt … Ich liebe dieses Haus, ohne den Kirschgarten verstehe ich das Leben nicht, und wenn er schon verkauft werden soll, so mag man mich gleich mitverkaufen … – Umarmt Trofimow, küsst ihn auf die Stirn. – Mein Sohn ist hier ertrunken ... Weint. Haben Sie Mitleid mit mir, mein guter, lieber Junge …

Trofimow: Sie wissen, dass ich aus vollem Herzen mit Ihnen fühle.

Ljubow Andrejewna: Sie müssen mir das aber anders, anders sagen ... Zieht ihr Taschentuch heraus, wobei ein Telegramm auf den Fußboden fällt. Mir liegt's heut' so schwer auf der Seele, Sie können sich das gar nicht vorstellen. Hier ist es so laut, jeder Ton lässt mein Inneres erbeben, ich zittre an allen Gliedern und auf mein Zimmer gehen kann ich auch nicht, ich fürchte mich vor dem Alleinsein. Verurteilen sie mich nicht, Petja … ich liebe Sie wie meinen eigenen Sohn. Gern würde ich Ihnen

Anja zur Frau geben, ich schwör's Ihnen, aber Sie müssten Ihre Studien fortsetzen, mein Lieber, müssten das Examen machen. Sie tun nichts, lassen sich vom Schicksal bald dahin, bald dorthin schleudern ... Das ist doch nichts Rechtes, nicht wahr? Und dann müssten sie auch etwas dafür tun, dass Ihr Bart wächst ... – Lacht. – Sie sehen so komisch aus ohne Bart ...

Trofimow hebt das Telegramm auf: Ich will kein Adonis sein.

Ljubow Andrejewna: Ein Telegramm aus Paris. Jeden Tag bekomme ich eins, gestern, und heute, und alle Tage. Dieser tollköpfige Mensch ist wieder krank, es geht ihm wieder schlecht ... Er bittet mich um Verzeihung, fleht mich an, ich solle zu ihm zurückkommen, und von Rechts wegen müsste ich auch wirklich nach Paris fahren und ihm beistehen. Sie blicken mich strafend an, Petja, doch was soll ich tun, mein Lieber, was soll ich tun? Er ist krank, er ist einsam und unglücklich – wer wird nach ihm sehen, wer wird ihn von seinen Torheiten zurückhalten, ihm zur rechten Zeit die Medizin reichen? Nun, und ... warum soll ich's verschweigen? – Ich liebe ihn, ganz klar. Ich liebe ihn, liebe ihn ... Das ist der Stein an meinem Halse, der mich auf den Grund zieht, aber ich liebe diesen Stein und kann ohne ihn nicht leben. – Drückt Trofimow die Hand. – Denken Sie nicht schlecht von mir, Petja, sagen Sie nichts, gar nichts ...

Trofimow unter Tränen: Aber – verzeihen sie meine Offenheit – um Gottes Willen, er hat Sie doch ausgeplündert!

Ljubow Andrejewna: Nein, nein, nein, so dürfen Sie nicht sprechen ... Hält sich die Ohren zu.

Trofimow: Er ist doch ein Schurke, Sie sind die einzige, die das nicht weiß! Er ist ein ganz erbärmlicher Wicht, ein Lump ...

Ljubow Andrejewna zornig, erregt, doch mit Selbstbeherrschung: Sie sind sechs- oder siebenundzwanzig Jahre alt, und sprechen wie ein Schuljunge.

Trofimow: Was tut das?

Ljubow Andrejewna: Man muss ein Mann sein, in Ihrem Alter muss man Leute, die lieben, verstehen, und überhaupt – man muss auch selbst lieben. Verliebt muss man sein. – Fast grimmig. – Ja, ja! Ihre Keuschheit ist keinen Pfifferling wert, Sie sind einfach eine komische alte Jungfer, eine lächerliche Missgeburt ...

Trofimow entsetzt: Was redet sie da?!

Ljubow Andrejewna: »Ich stehe über der Liebe.« Sie stehen nicht über der Liebe, sondern sind einfach, wie unser Firs sagt, ein Schlappmichel. In Ihren Jahren keine Geliebte zu haben! ...

Trofimow entsetzt: Unglaublich! Was sind das für Reden? – Geht, sich an den Kopf fassend, rasch nach dem Saal zu. – Abscheulich! Ich ertrage das nicht! Ich gehe fort von hier ... – Geht ab, kehrt jedoch sogleich wieder um. – Zwischen uns ist alles aus! – Ab nach dem Vorzimmer. –

Ljubow Andrejewna ruft laut hinter ihm her: Petja, so warten sie doch! Seien Sie doch nicht so komisch, ich habe ja nur gescherzt! Petja! – Man hört, wie jemand im Vorzimmer rasch die Treppe emporsteigt und dann plötzlich mit einem Krach herunterfällt. Anja und Warja schreien draußen laut auf, lachen jedoch gleich wieder. –

Ljubow Andrejewna: Was gibt's denn?

Anja kommt hereingelaufen, lachend: Petja ist von der Treppe gestürzt! – Läuft hinaus. –

Ljubow Andrejewna: Ein sonderbarer Mensch, dieser Petja. – Geht ins Vorzimmer. Der Stationsvorsteher tritt mitten in den Saal und liest die »Sünderin« von A. Tolstoj vor. Man hört ihm zu, kaum hat er jedoch ein paar Zeilen gelesen, als aus dem Vorzimmer die Akkorde eines Walzers ertönen und die Vorlesung jäh abgebrochen wird. Alle tanzen. Aus dem Vorzimmer kommen Trofimow, Anja, Warja und Ljubow Andrejewna. –

Ljubow Andrejewna: Nun, Petja ... nun, Sie reine Seele, ich bitte um Verzeihung. Kommen Sie, wir wollen tanzen ... – Sie tanzt mit Petja. Auch Anja und Warja tanzen. Firs kommt herein und stellt seinen Stock neben eine Seitentür. Jascha kommt gleichfalls herein, geht nach dem Saaleingang und sieht den Tanzenden zu. –

Jascha: Nun, Großväterchen, wie geht's?

Firs: Fühl mich nicht recht wohl, ja. Früher tanzten auf unseren Bällen Generale, Barone, Admirale, und jetzt schicken wir nach dem Posthalter und dem Stationsvorsteher, und auch die machen sich nicht viel aus unsrer Einladung. Bin ein bisschen schwach geworden, ja. Unser seliger Herr, der Großvater, heißt es, hat uns alle mit Siegellack kuriert, was für 'ne Krankheit auch einer hatte. Ich nehme schon täglich eine Messerspitze voll Siegellack ein, das hält mich, glaub' ich, am Leben.

Jascha: Bist recht langweilig, Alter. Gähnt. Könntest längst abgekratzt sein!

Firs: Ach du ... Schlappmichel! – Murmelt vor sich hin. – Trofimow und Ljubow Andrejewna tanzen erst im Saale und dann im Gesellschaftszimmer. –

Ljubow Andrejewna: Merci. Ich will mich ein Weilchen hinsetzen ... – Setzt sich. – Bin ganz müde geworden.

120

Anja tritt ein, erregt: Eben erzählte ein Mann in der Küche, der Kirschgarten sei heute verkauft worden.

Ljubow Andrejewna: An wen?

Anja: Das hat er nicht gesagt … Er ist schon fort. – Tanzt mit Trofimow. Beide ab in den Saal. –

Jascha: Ein fremder Bauer hat so was geschwatzt …

Firs: Und Leonid Andreïtsch ist noch immer nicht da. Er hat einen ganz leichten Paletot an, eh' man sich's versieht, kann er sich erkälten. Ach, diese jungen Leute!

Ljubow Andrejewna: Das ist mein Ende! Gehen Sie, Jascha, erkundigen Sie sich, wer der Käufer ist.

Jascha: Der Mann ist doch längst fort! – Lacht. –

Ljubow Andrejewna mit leichtem Unwillen: Warum lachen Sie denn? Worüber freuen Sie sich?

Jascha: Epichodow ist so komisch. Ein zu dummer Kerl … der Unglücksrabe!

Ljubow Andrejewna: Wohin wirst du gehen, Firs, wenn das Gut verkauft ist?

Firs: Wohin Sie mich schicken, dahin geh' ich.

Ljubow Andrejewna: Wie siehst du denn aus? Bist du krank? Geh, leg' dich zu Bett.

Firs: Ja … – Spöttisch. – Ich werde zu Bett gehen – und wer wird hier nach dem Rechten sehen, servieren und so? Ich bin doch schließlich der einzige …

Jascha zu Ljubow Andrejewna: Ljubow Andrejewna, falls Sie nach Paris gehen – darf ich sie bitten, mich wieder mitzunehmen? Haben Sie die Güte! Hier kann ich auf keinen Fall bleiben. – Schaut um sich, halblaut. – Sie müssen doch selbst zugeben … dieses ungebildete Land, das sittenlose Volk hier, und dann die Langeweile, das schlechte Essen in der Küche, der Firs mit seinem unpassenden Gemurmel … Haben Sie die Güte, nehmen sie mich mit!

Pischtschik kommt herein: Darf ich so frei sein, meine Schönste … zu einem Walzer … – Ljubow Andrejewna geht mit ihm nach dem Saale zu. –

Pischtschik: 180 Rubelchen müssen sie mir noch geben, Verehrteste … 180 Rubel … – Beide ab, nach dem Saal. –

Jascha singt leise: »Begreifst du, ach, die Sehnsucht meiner Seele …«

Im Saal hüpft eine Gestalt in grauem Zylinder und gewürfeltem Kostüm mit den Armen fuchtelnd umher. Rufe: »Bravo, Scharlotta Iwanowna!«

Dunjascha ist stehen geblieben, um sich rasch zu pudern: Das Fräulein sagt, ich soll tanzen – es seien so wenig Damen da. Aber ich werde schwindelig vom Tanzen und bekomme Herzklopfen. Denken sie sich, Firs Nikolajewitsch, was mir eben der Posthalter sagte … Der Atem stockte mir förmlich … – Die Musik verstummt. –

Firs: Was hat er dir gesagt?

Dunjascha: Sie sind wie eine Blume, sagte er.

Jascha gähnt: Ungebildetes Volk. – Ab. –

Dunjascha: Wie eine Blume ... Ich bin so ein feines Mädchen; zu sehr liebe ich die zarten Worte …

Firs: Lass dir nur nicht den Kopf verdrehen. – Epichodow kommt herein. –

Epichodow: Sie wünschen mich nicht zu sehen, Awdotja Fjodorowna … als wenn ich irgendein Insekt wäre. – Seufzt. – Ach, ist das ein Leben!

Dunjascha: Was ist gefällig?

Epichodow: Vielleicht haben sie recht, zweifellos. – Seufzt. – Aber allerdings, von diesem Gesichtspunkt aus, wenn ich so sagen darf, verzeihen Sie das offene Wort. Sie selbst haben mich in diesen Geisteszustand gebracht. Ich kenne mein Schicksal, jeden Tag passiert mir irgendein Unglück, doch ich bin schon längst daran gewöhnt und blicke lächelnd auf mein Unglück. Sie haben mir Ihr Wort gegeben, und wenn ich auch …

Dunjascha: Bitte, wir reden später davon, jetzt lassen Sie mich in Frieden. Ich bin jetzt in träumerischer Stimmung. Spielt mit dem Fächer.

Epichodow: Mich trifft wohl jeden Tag ein Unglück, aber, wenn ich mir erlauben darf, es zu sagen, ich lächle, ja ich lache sogar darüber. – Warja kommt vom Saal her. –

Warja: Du bist noch immer da, Ssemjon? Du frecher Patron! – Zu Dunjascha. – Hinaus mit dir, Dunjascha! – Zu Epichodow. – Du spielst Billard und zerbrichst das Queue, du spazierst hier herum wie ein geladener Gast ...

Epichodow: Erlauben Sie mal, ich lass' mich nicht schikanieren!

122

Warja: Ich schikaniere dich nicht, ich sage dir nur Bescheid! Du schlenderst herum, ohne was zu tun. Möcht' wissen, wozu wir einen Buchhalter brauchen!

Epichodow beleidigt: Ob ich arbeite, oder spazieren gehe, oder Billard spiele – das geht Sie gar nichts an! Dazu gehören ältere und verständigere Leute.

Warja: Das wagst du mir zu sagen? – Aufbrausend. – Das nimmst du dir heraus? Ich bin dir nicht verständig genug? Scher' dich sofort hinaus! Augenblicklich!

Epichodow eingeschüchtert: Ich bitte, sich delikater auszudrücken.

Warja außer sich: Augenblicklich gehst du! Marsch hinaus! – Er geht zur Tür, sie folgt ihm. – Du Unglücksrabe! Dass ich dich nicht mehr sehe! – Epichodow geht hinaus, man hört hinter der Tür seine Stimme:»Ich werde mich über Sie beschweren« – Du bist noch nicht fort? – Nimmt den Stock, den Firs in die Ecke gestellt hat. – Zur Tür hinaus. Geh! … Geh! … Geh, oder ich … Gehst du wohl? Gehst du? Nein? So … da hast du … – Führt einen Schlag; im gleichen Augenblick tritt Lopachin ein. –

Lopachin: Danke gehorsamst.

Warja halb ärgerlich, halb spöttisch: Entschuldigen Sie …

Lopachin: O bitte … Danke gehorsamst für den freundlichen Empfang.

Warja: Keine Ursache. – Geht zur Seite, sieht sich dann um und fragt mit weicher Stimme. – Hab' ich Ihnen wehgetan?

Lopachin: Durchaus nicht. Aber 'ne mächtige Beule wird's geben.

Stimme im Saal: Lopachin ist da! Fermolaj Alexeïtsch …

Pischtschik: Da ist er ja! Willkommen! – Sie wechseln Küsse. – Du duftest aber stark nach Kognak, alter Freund. Nun, wir haben uns hier auch nicht gelangweilt. – Ljubow Andrejewna erscheint. –

Ljubow Andrejewna: Sie sind's, Jermolai Alexeïtsch? Warum so spät? Wo ist Leonid?

Lopachin: Leonid Andreïtsch ist mit mir gekommen, er wird gleich da sein …

Ljubow Andrejewna aufgeregt: Nun, was ist? Hat der Termin stattgefunden? Reden sie doch!

Lopachin verwirrt, fürchtet sich, seine Freunde zu verraten: Der Termin war um vier Uhr zu Ende ... Wir haben den Zug versäumt und mussten bis halb neun warten. – Tief aufseufzend. – Uff! Ich bin ein bisschen benebelt ... – Gajew kommt herein; in der rechten Hand hält er allerhand Päckchen, mit der Linken wicht er sich die Tränen ab.

Ljubow Andrejewna: Nun, Ljonja, was ist? Sag' doch! – Ungeduldig, unter Tränen. – Rasch, um Gottes willen ...

Gajew antwortet ihr nicht, zuckt nur die Achseln; weinend zu Firs: Da, nimm ... Anchovis und Heringe ... Ich hab' heute nichts gegessen ... Was ich gelitten habe! – Die Tür zum Billardzimmer steht offen; man hört das Zusammenschlagen der Bälle und Jaschas Stimme: »Sieben zu achtzehn!« Gajews Gesichtsausdruck wechselt, er weint nicht mehr. – Ich bin furchtbar müde ... Ich möchte mich umkleiden,

Firs. – Ab durch den Saal nach seinem Zimmer; Firs folgt ihm. –

Pischtschik: Was war bei dem Termin los? So erzähl' doch!

Ljubow Andrejewna: Ist der Kirschgarten verkauft?

Lopachin: Ja.

Ljubow Andrejewna: Wer hat ihn gekauft?

Lopachin: Ich. – Pause. Ljubow Andrejewna. ist niedergeschmettert; sie würde hinfallen, wenn sie sich nicht am Tisch festhielte. Warja nimmt den Schlüsselbund vom Gürtel, wirft ihn mitten ins Zimmer auf den Fußboden und geht ab. –

Lopachin: Ich hab' ihn gekauft, ja ... Entschuldigen Sie, Herrschaften ... Das Reden fällt mir schwer, ich bin ein bisschen benommen. – Lacht. – Wir kommen also zum Termin, Deriganow ist auch schon da. Leonid Andreïtsch hatte nur fünfzehntausend Rubel, Deriganow aber bot gleich dreißigtausend mehr, als die Schuld beträgt. Ich sehe, die Sache kann schiefgehen, und sage vierzigtausend. Er bietet fünfundvierzig, ich fünfundfünfzig, und so legt er immer fünf zu und ich zehn ... Na, schließlich kam das Ende, ich bot neunzig über die Schuldsumme und erhielt den Zuschlag. Der Kirschgarten ist jetzt mein! Mein! – Lacht laut. – Mein Gott und Herr, der Kirschgarten ist mein! So sagt mir doch, ich sei betrunken, ich sei verrückt, ich träume das alles nur! – Stampft mit den Füßen auf. – Lacht nicht über mich! Mein Vater und Großvater müssten jetzt aus dem Grabe aufstehen, müssten sich's ansehen, wie ihr Jermolaj, der so viel Prügel bekommen hat, der kaum lesen und schreiben kann, der im Winter barfuß gelaufen ist, wie dieserselbe Jermolaj sich das schönste Gut gekauft hat, das auf Gottes Erdboden existiert. Dasselbe Gut hab' ich gekauft, auf dem mein Vater und Großvater leibeigene Knechte waren, die nicht mal die herrschaftliche Küche betreten durften. Es kann ja nicht sein … ich schlafe wohl, ich sehe das alles nur im Traum … Eine Frucht meiner Einbildung ist's nur, nichts weiter … – Hebt die Schlüssel auf, gerührt lächelnd. – Da hat sie nun die Schlüssel hingeworfen … will zeigen, dass sie hier nicht mehr die Wirtschaft führt … – Lässt den Schlüsselbund erklirren. – Nun, meinetwegen. – Man hört das Orchester die Instrumente stimmen. – Heda, Musikanten, spielt auf! Ich will euch hören! Kommt alle her und seht zu, wie Jermolai Lopachin mit der Axt durch den Kirschgarten fährt, wie die Bäume zu Boden stürzen! Sommerhäuschen wollen wir hier errichten, unsere Enkel und Urenkel werden hier ein neues Leben schauen … Heda, Musik! – Die Musik spielt. Ljubow Andrejewna ist in einen Sessel gesunken und weint bitterlich. –

Lopachin im Tone des Vorwurfs: Warum haben Sie nicht auf mich gehört? Meine Ärmste, Beste, nun heißt es für Sie scheiden! – Unter Tränen. – Ach, wenn das alles doch bald anders würde! Wenn doch unser verpfuschtes Leben sich so oder so wandeln wollte!

Pischtschik nimmt seinen Arm, halblaut: Sie weint. – Wir wollen in den Saal gehen, sie allein lassen … – Nimmt seinen Arm und schreitet nach dem Saale zu. –

Lopachin: Was ist denn das? Die Musik soll lauter spielen! Alles soll jetzt nach meiner Pfeife tanzen! – Ironisch. – Der neue Gutsbesitzer kommt, der Herr des Kirschgartens! – Stößt gegen einen Sessel, wirft beinahe einen Kandelaber um. – Ich kann alles bezahlen! – Ab mit Pischtschik. Im Saal und Gastzimmer ist niemand außer Ljubow Andrejewna, die ganz in sich gekehrt dasitzt und bitterlich weint. Die Musik spielt leise. Anja und Trofimow kommen rasch herein. Anja tritt an die Mutter heran und sinkt vor ihr in die Knie. Trofimow bleibt am Saaleingang. –

Anja: Du weinst, Mama? … Meine liebe, gute Herzensmama, meine treffliche Mama, ich liebe dich … ich segne dich … Der Kirschgarten ist verkauft, ist hin, das ist wahr – aber weine darum nicht, denn sieh, dir ist doch noch ein Stück Leben, dir ist deine herrliche, reine Seele geblieben … Komm mit mir, komm meine Liebe … wir gehen von hier fort! Wir wollen einen neuen Kirschgarten pflanzen, der noch schöner sein wird, als dieser da, und du wirst ihn sehen, wirst alles begreifen. Eine stille, tiefe Freude wird sich in deine Seele senken, wie der Sonnenschein in die Abendstunde fällt, und du wirst lächeln, Mama. Komm, Liebste, komm! … – Vorhang –

Vierter Aufzug

Einrichtung des ersten Aufzuges. Die Fenstervorhänge und Bilder sind abgenommen, die wenigen noch vorhandenen Möbel sind wie zum Verkauf in eine Ecke geschoben. Man hat das Gefühl der Leere. Neben der Ausgangstür und im Hintergrund der Bühne Reisekoffer, Bündel usw. Die Tür links steht offen, man hört von dort her Anjas und Warjas Stimme. Lopachin steht wartend da. Jascha hält ein Präsentierbrett mit gefüllten Sektgläsern. Im Vorzimmer ist Epichodow dabei, eine Kiste zuzuschnüren. Hinter der Bühne Lärm, die Bauern sind gekommen, um Abschied zu nehmen, Gajews Stimme: »Ich danke euch, meine Lieben, ich dank' euch.«

Jascha: Die Bauern sind da zum Abschiednehmen. Ein gutmütiges Volk, aber dumm, das ist meine Meinung, Jermolaj Alexeïtsch. – Der Lärm verstummt. Durchs Vorzimmer treten Ljubow Andrejewna und Gajew ein; sie weint nicht, ist jedoch bleich, ihr Gesicht bebt, und sie kann nicht sprechen. –

Gajew: Du hast ihnen dein Portemonnaie gegeben, Ljuba. Das hättest du nicht tun sollen, auf keinen Fall!

Ljubow Andrejewna: Warum nicht? Ich konnte nicht anders … – Beide ab. –

Lopachin hinter ihnen her, geht nach der Tür zu: Darf ich gehorsamst bitten? Ein Gläschen Champagner zum Abschied? Ich hatte ganz vergessen, aus der Stadt welchen mitzubringen, aber auf dem Bahnhof hab' ich noch eine Flasche aufgetrieben. Bitte sehr! – Pause. – Nun, Herrschaften, ist's nicht gefällig? – Wendet sich ab von der Tür. – Hätt' ich das gewusst, dann hätt' ich keinen gekauft. Nun, auch ich mag nicht trinken. – Jascha stellt das Präsentierbrett vorsichtig auf einen Stuhl. – Trink' du wenigstens, Jascha.

Jascha: Zum Abschied! Auf Ihr Wohl! – Trinkt. – Der Champagner ist nicht echt, kann ich Innen sagen.

Lopachin: Acht Rubel kostet die Flasche. – Pause. – Verdammt kalt ist es hier.

Jascha: Es ist heut' nicht geheizt, wir reisen doch alle ab. – Lacht. –

Lopachin: Warum lachst du?

Jascha: Ich freu' mich.

Lopachin: Wir haben schon Oktober, und die Sonne scheint so mild wie im Sommer. Es gibt einen schönen Herbst. – Sieht auf die Uhr; nach der Tür zu. – Herrschaften, vergessen Sie nicht, es sind nur noch 47 Minuten bis zur Abfahrt. In zwanzig Minuten müssen wir fort von hier. Beeilen Sie sich! – Trofimow, im Paletot, kommt vom Hofe her. –

Trofimow: Ich glaube, es ist Zeit zu fahren, die Wagen sind schon bereit. Weiß der Teufel, wo meine Gummischuhe stecken – sind einfach verschwunden. – Nach der Tür zu. – Anja, ich kann meine Gummischuhe nicht finden.

Lopachin: Ich muss nach Charkow. Ich fahre mit demselben Zug wie Sie. In Charkow bleib' ich den ganzen Winter. Hier hab' ich nur geschwatzt und die Zeit totgeschlagen. Ich halt's ohne Arbeit nicht aus, die Arme baumeln mir dann so am Leibe, als ob sie einem anderen gehörten.

Trofimow: Sie gehen also gleich wieder an Ihre so überaus nützliche Beschäftigung?

Lopachin: Trink doch ein Gläschen!

Trofimow: Muss sehr danken.

Lopachin: Du fährst jetzt nach Moskau?

Trofimow: Ja, ich fahre mit den andern zur Stadt, und morgen geht's nach Moskau.

Lopachin: So … Die Professoren warten wohl mit ihren Vorlesungen so lange, bis du da bist?

Trofimow: Kümmere dich um deine Angelegenheiten.

Lopachin: Wie lange studierst du eigentlich schon, alter Junge?

Trofimow: Schwatz' kein dummes Zeug. Sucht seine Gummischuhe. Hör' mal – wir werden uns kaum jemals wiedersehen, da möcht' ich dir zum Abschied einen guten Rat geben: fuchtle nicht immer so mit den Armen herum! Gewöhn' dir das ab! Auch deinen Parzellierungsplan lass lieber fallen, aus deinen Sommergästen können nie richtige Landwirte werden. Ist auch nur so ein Herumfuchteln, dieser Plan … Na, wie dem auch sei, du bist jedenfalls ein lieber Kerl. Was für feine Hände du übrigens hast, richtige Künstlerhände, und auch eine feine, zarte Seele …

Lopachin umarmt ihn: Leb' wohl, mein Lieber. Hab' Dank für alles. Wenn du Geld brauchst – ich stehe dir zu Diensten …

Trofimow: Wozu? Ich brauche kein Geld.

Lopachin: Du hast doch nichts.

Trofimow: Doch, ich habe ein Buch übersetzt und dafür Honorar bekommen. Hier in der Tasche hab' ich's. – Besorgt. – Meine Gummischuhe sind einfach verschwunden.

Warja aus dem Nebenzimmer: Hier sind Ihre Latschen! Wirft ein Paar Gummischuhe auf die Bühne

Trofimow: Warum so wütend, Warja? … Das sind nicht meine Schuhe.

Lopachin: Ich hab' im Frühjahr tausend Hektar mit Mohn bestellt und daran glatt vierzigtausend Rubel verdient. Wie mein Mohn blühte – was war das für ein Bild! Vierzigtausend Rubel … nimm doch, ich borg' dir, soviel du willst. Ich hab's dazu. Bin zwar nur von einfachem Bauernstande ...

Trofimow: Dein Vater war ein Bauer und meiner Apotheker. Das will gar nichts besagen. Lopachin zieht seine Brieftasche heraus. Lass nur, lass. Und wenn du mir hunderttausend Rubel gibt's, ich nehme sie nicht. Ich bin ein freier Mensch – was Ihr alle miteinander, ob reich oder arm, so hoch schätzt, übt auf mich nicht die geringste Macht aus. Wie eine Flocke im Wind – nicht höher bewerte ich's. Ich brauche euch nicht, kann mich ohne euch behelfen, denn ich bin stark und stolz. Die Menschheit schreitet der höchsten Wahrheit, dem höchsten Glück entgegen, das nur auf Erden möglich ist, und ich schreite in den ersten Reihen.

Lopachin: Wirst du ans Ziel kommen?

Trofimow: Unbedingt. – Pause. – Ich werde ans Ziel kommen, oder ich werde doch andern den Weg ins Ziel weisen. – Man hört aus der Ferne Axthiebe, die gegen einen Baumstamm geführt werden. –

Lopachin: Nun, leb' wohl, mein Junge. Es ist Zeit, dass wir fahren. Wir rümpfen voreinander die Nase, und das Leben geht seinen eigenen Gang. Wenn ich so in einem fort arbeite, ohne Ermatten, dann wird mir das Denken leichter, und es ist mir, als ob auch ich wüsste, weshalb ich auf der Welt bin. Wieviel Menschen gibt's aber in Russland, von denen man nicht weiß, warum sie eigentlich da sind! Na, lassen wir sie ... Leonid Andreïtsch soll eine Stelle bei der Bank angenommen haben, mit sechstausend Rubeln jährlich ... Wenn er nur Ausdauer genug hat, er ist faul ...

Anja in der Tür: Mama lässt bitten, man möchte mit dem Baumfällen warten, bis sie fort ist.

Trofimow: Ja, wirklich … so viel Takt muss man doch besitzen … – Ab durch das Vorzimmer. –

Lopachin: Gleich, gleich … daran denkt das Volk nicht. – Hinter ihm ab. –

128

Anja: Hat man Firs ins Krankenhaus gebracht?

Jascha: Ich hab's heute morgen gesagt. Ich denk' doch, er ist hingebracht worden.

Anja zu Epichodow, der durchs Zimmer geht: Ssemjon Panteleïtsch, erkundigen Sie sich doch, bitte, ob Firs ins Krankenhaus gekommen ist.

Jascha beleidigt: Ich hab's doch Jegor gesagt! Wozu erst lange erkundigen?

Epichodow: Der alte Firs taugt nicht mehr zur Reparatur, das ist meine feste Überzeugung. Der sollte getrost das Zeitliche segnen … ich würde ihn darum nur beneiden. – Stellt einen Koffer auf einen Hutkarton, den er eindrückt. – Da haben wir's … ich wusste es ja! – Ab. –

Jascha spöttisch: Der Unglücksrabe!

Warja hinter der Tür: Ist Firs ins Krankenhaus gekommen?

Anja: Ja.

Warja: Warum hat man den Brief an den Arzt nicht mitgenommen?

Anja: Der muss nachgeschickt werden … – Ab. –

Warja aus dem anstoßenden Zimmer: Wo ist Jascha? Sagt ihm, seine Mutter sei da und wolle sich von ihm verabschieden.

Jascha mit wegwerfender Handbewegung: Die konnte auch bleiben, wo sie war.

Dunjascha, die sich während der ganzen Zeit am Gepäck zu schaffen gemacht hat, tritt nun, da dieser allein ist, an diesen heran: Wenn Sie noch wenigstens mal nach mir hergesehen hätten, Jascha. Sie reisen ab, lassen mich sitzen … – Wirft sich ihm weinend an den Hals. –

Jascha: Was hilft das Weinen? – Trinkt Champagner. – In sechs Tagen bin ich wieder in Paris. Morgen setzen wir uns in den Kurierzug und sausen los, hast du nicht gesehen! Man soll's kaum für möglich halten. Vive la France! Hier fühl' ich mich nicht wohl, 's ist nichts für mich hier, alles zu ungebildet. – Trinkt Champagner. – Was soll denn das Heulen? Führen Sie sich anständig auf, dann brauchen Sie nicht zu weinen.

Dunjascha putzt sich, sieht in den Spiegel: Schreiben Sie mir doch aus Paris. Ich habe Sie ja so geliebt, Jascha, so geliebt! Ich bin ein so zartes Geschöpf, Jascha!

Jascha: Man kommt. – Macht sich leise singend an dem Gepäck zu schaffen. –
Ljubow Andrejewna, Gajew Anja und Scharlotta Iwanowna kommen herein. –

Gajew: Wir müssen fahren; 's ist nur noch ganz wenig Zeit. – Sieht Jascha an. –
Wer riecht denn hier so nach Heringen?

Ljubow Andrejewna: In zehn Minuten müssen wir weg … Lässt ihren Blick durch
das Zimmer schweifen. Leb' wohl, du mein liebes altes Haus! Nun kommt der Winter, und wenn's wieder Frühjahr wird, bist du nicht mehr … abtragen werden sie
dich! Was haben diese Wände nicht alles gesehen! Küsst ihre Tochter zärtlich.
Mein einziges, süßes Mädchen! Du strahlst so, deine Augen blitzen wie zwei Dia-
manten. Bist du zufrieden? Ja?

Anja: Ja, Mama, sehr! Ein neues Leben beginnt.

Gajew heiter: In der Tat, jetzt ist alles im Lot! Solange der Kirschgarten nicht verkauft war, waren wir alle so aufgeregt, so unglücklich, und als die Frage entschieden und kein Zurück mehr möglich war, haben sich alle beruhigt und sind wieder
munter geworden. Ich bin jetzt Bankbeamter, Finanzmann … den Gelben in die
Mitte! Auch du, Ljuba, siehst entschieden viel vergnügter aus.

Ljubow Andrejewna: Ja, meine Nerven sind ruhiger, das stimmt. Man reicht ihr Hut
und Mantel. Ich schlafe auch besser. Bringen sie meine Sachen zum Wagen, Jascha:
Es ist Zeit. – Zu Anja. – Wir sehen uns bald wieder, mein liebes Kind. Ich fahre
nach Paris ... will dort von dem Geld leben, das die Tante aus Jaroslawl zum An-
kauf des Gutes geschickt hat. Die gute Tante – hoch soll sie leben! Lange wird's
freilich nicht reichen ...

Anja: Du kommst recht bald zurück – nicht wahr, Mama? Ich werde mich vorbereiten, werde mein Gymnasialexamen machen und dann fleißig arbeiten und dich un-
terstützen. Wir werden zusammen allerhand schöne Bücher lesen – nicht wahr? –
Küsst ihrer Mutter die Hände. – An den langen Herbstabenden werden wir so viel,
so viel lesen, eine neue Wunderwelt wird sich vor unsern Augen auftun … – Sinnend. – Du kommst doch, Mama? …

Ljubow Andrejewna: Gewiss, mein Goldkind, ich komme. – Umarmt die Tochter. –
Lopachin tritt ein. Scharlotta singt leise ein Lied. –

Gajew: Glückliche Scharlotta, sie kann noch singen!

Scharlotta nimmt ein Bündel in den Arm, das wie ein Kind im Tragkissen aussieht.
»Schlaf, Kindchen, Schlaf ...« Man hört das Weinen des Kindes. Uah! uah! Nur
hübsch still, mein liebes, süßes Kindchen! Uah! uah! Nein, wie du mir leid tust! –

Wirft das Bündel an seinen Platz zurück. Zu Lopachin. – Also, nicht wahr, Sie besorgen mir eine Stelle? Ich kann nicht so in der Welt herumwimmeln.

Lopachin: Gewiss, liebe Scharlotta, seien Sie unbesorgt.

Gajew: Alles verlässt uns, auch Warja geht fort … Wir sind plötzlich überflüssig geworden.

Scharlotta: Was soll ich bei Ihnen in der Stadt? Ich muss mir doch was suchen. – Singt leise. Pischtschik kommt herein. –

Lopachin: Seht doch! Der fehlte jetzt noch!

Pischtschik außer Atem: Lasst mich erst Atem schöpfen … Ganz kaputt bin ich … ein Glas Wasser …

Gajew: Du willst wohl einen Pump anlegen? Dafür bin ich nicht zu haben, alter Freund. – Ab. –

Pischtschik: Ganz im Gegenteil – da! – Zieht ein Päckchen Banknoten aus der Tasche. Zu Lopachin. – Auch du bist hier? Freut mich sehr, dich zu sehen … da, nimm … Gibt Lopachin Geld. Vierhundert Rubel … da, nimm … achthundertvierzig als Restschuld …

Lopachin zuckt verdutzt die Achseln: Wie im Träum … woher hast du's denn auf einmal?

Pischtschik: Eine ganz tolle Geschichte … Kommen da ein paar Engländer zu mir, fangen an zu buddeln und finden irgend 'ne weiße Tonsorte … – Zu Ljubow Andrejewna – Da, hier haben Sie auch vierhundert, meine Allerschönste … – Gibt ihr Geld. – Der Rest folgt später … Gott, ist mir heiß … Gebt mir doch einen Schluck Wasser!

Lopachin: Was für Engländer waren denn das?

Pischtschik: Das erzähl' ich Ihnen nächstens … kamen einfach, pachteten ein Stück Land auf vierundzwanzig Jahre und zahlten … Jetzt hab' ich keine Zeit … ich muss noch zu Snojkow, zu Kardamonow ... allen bin ich Geld schuldig … – Trinkt. – Am Donnerstag sprech' ich wieder vor ...

Ljubow Andrejewna: Wir ziehen heute um, in die Stadt … und ich fahre morgen ins Ausland ...

Pischtschik bestürzt: Was? Warum nach der Stadt? 's ist ja wahr … die Möbel … die Reisekoffer … Nun, 's ist mal nicht zu ändern. – Unter Tränen. – 's ist mal so …

Aber diese Engländer, was? Die Kerle haben einen Grips … 's ist mal nicht zu ändern … Lassen Sie sich's gut gehen … Gott wird Ihnen weiterhelfen … 's ist mal nicht zu ändern … Alles in der Welt hat ein Ende … – Küsst Ljubow Andrejewna die Hand. – Wenn Sie mal was läuten hören, dass ich abgekratzt bin, dann denken sie zurück an mich altes Pferd und sprechen Sie im Stillen: »Ach ja, der Ssimeonow-Pischtschik – na, Gott hab' ihn selig!« Ein wunderbares Wetter … ja … – Entfernt sich in heftiger Gemütsbewegung, doch kehrt er sogleich wieder zurück; in der Tür. – Daschenjka lässt sich Ihnen übrigens bestens empfehlen! – Ab. –

Ljubow Andrejewna: Jetzt könnten wir eigentlich fahren. Nur zwei Sorgen drücken mich noch; erstens der kranke Firs … – Sieht auf die Uhr. – Noch fünf Minuten …

Anja: Firs ist gut aufgehoben, Mama. Jascha hat ihn heute morgen ins Krankenhaus gebracht.

Ljubow Andrejewna: So … dann bliebe nur noch Warja, die macht mir wirklich Kummer. Sie ist gewöhnt, früh aufzustehen und zu arbeiten, und jetzt, so ohne Beschäftigung, wird sie sich vorkommen wie ein Fisch auf dem Sand. Das arme Mädel weint in einem fort, ganz mager und blass ist sie geworden … – Pause. – Sie müssen das doch auch sehen, Jermolaj Alexeïtsch; ich dachte, Sie beide einmal als Paar zu sehen … es sah immer so aus, als hätten Sie Heiratsabsichten. – Flüstert Anja und Scharlotta etwas zu, die hierauf verschwinden. – Sie hat sie gern, sie gefällt Ihnen – ich weiß nicht, weshalb Sie so beide einander aus dem Weg gehen. Ich verstehe das einfach nicht!

Lopachin: Auch ich versteh's nicht, offen gestanden. Das ist alles so komisch … Wenn's noch nicht zu spät ist – ich bin sofort bereit. Machen wir's mit einem Mal ab, basta. Wenn Sie mir nicht beistehen, bring' ich's nie fertig, ihr einen Antrag zu machen.

Ljubow Andrejewna: Ausgezeichnet! Die Sache dauert eine Minute, nicht länger. Ich rufe sie sofort …

Lopachin: Auch Champagner ist da. – Sieht nach den Gläsern. – Alles leer – 's ist schon jemand drüber gewesen … – Jascha hustet. –

Lopachin: Irgendein Leckermaul …

Ljubow Andrejewna lebhaft: Famos! Wir gehen hinaus … Jascha allez! Ich werde sie rufen … – Zur Tür hinaus. – Warja, lass alles liegen, komm her! Rasch! – Ab mit Jascha. –

Lopachin sieht nach der Uhr: Ja … – Pause. Hinter der Tür verhaltenes Lachen und

Flüstern. Warja tritt endlich ein. –

Warja tut, als ob sie etwas zwischen dem Reisegepäck suchte: Das ist doch sonderbar … ich kann's nicht finden …

Lopachin: Was suchen sie denn?

Warja: Ich hab's selbst hergelegt – und weiß nur nicht, wohin. – Pause. –

Lopachin: Was fangen sie nun an, Warwara Michailowna?

Warja: Ich? Zu Ragulins hab' ich mich vermietet, als Wirtschafterin …

Lopachin: Nach Jaschnjewo? Das liegt an siebzig Werst von hier ab. – Pause. – Na, und in diesem Hause ist alles zu Ende …

Warja sieht immer noch nach den Sachen: Wo mag's nur stecken? … Vielleicht hab ich's auch in den Koffer gelegt … Ja, in diesem Hause ist alles zu Ende … das Leben hier ist aus …

Lopachin: Und ich fahre nach Charkow, mit dem Zug jetzt … Geschäfte … Hier auf dem Hof lass' ich Epichodow, ich hab' ihn engagiert …

Warja: So.

Lopachin: Im vorigen Jahr fiel um diese Zeit bereits Schnee, erinnern Sie sich? Und diesmal haben wir einen sonnigen Herbst. Nur etwas frisch ist's. Der Grad Kälte waren heute früh …

Warja: Ich hab' nicht nachgesehen. – Pause. – Unser Thermometer ist übrigens entzwei. – Pause. –

Eine Stimme von der Tür her, aus dem Hofe: Jermolaj Alexeïtsch!

Lopachin, als ob er auf diesen Ruf längst gewartet hätte: Ja … gleich … – Rasch ab. –

Warja setzt sich auf den Fußboden, legt den Kopf auf ein Wäschebündel und schluchzt still in sich hinein. Die Tür geht auf, und Ljubow Andrejewna tritt leise ein.

Ljubow Andrejewna: Nun? – Pause. – Wir müssen fort.

Warja weint nicht mehr, hat ihre Augen getrocknet: Ja, es ist Zeit, Mamachen. Ich fahre heute gleich zu Ragulins, dass ich nur den Zug nicht verpasse … – Ljubow Andrejewna zur Tür hinaus. – Anja! Zieh dich an! – Anja tritt ein, dann Gajew und

Scharlotta Iwanowna. Gajew trägt einen warmen Paletot mit Kapuze. Diener und Kutscher. Epichodow macht sich an dem Gepäck zu schaffen. –

Ljubow Andrejewna: Nun geht's in die weite Welt!

Anja freudig. In die weite Welt!

Gajew: Meine Freunde, meine lieben, teuren Freunde! In dem Augenblick, da wir dieses Haus für immer verlassen, möcht' ich ein paar Worte zum Abschied sagen. Ich kann nicht umhin, die Gefühle zum Ausdruck zu bringen, die heute mein ganzes Wesen erfüllen …

Anja bittend: Onkel!

Warja: Nicht doch, Onkelchen!

Gajew düster: Dublee auf den Gelben, in die Mitte … Ich schweige schon … – Trofimow tritt ein, dann Lopachin. –

Trofimow: Nun, Herrschaften, 's ist höchste Zeit!

Lopachin: Epichodow, meinen Paletot!

Ljubow Andrejewna: Ich will noch einen Augenblick sitzen bleiben. Diese Wände, diese Decke … mir ist, als hätte ich sie nie vorher gesehen, ich schaue sie jetzt mit so heißer Begierde an, mit so zärtlicher Liebe ...

Gajew: Ich erinnere mich noch, als ich sechs Jahre alt war, am Dreifaltigkeitsfest – da saß ich dort am Fenster und schaute meinem Vater nach, wie er zur Kirche ging.

Ljubow Andrejewna: Sind die Sachen auch alle richtig verladen?

Lopachin: Ich denke, ja. – Zu Epichodow, während er den Paletot anzieht. – Sorg' nur dafür, Epichodow, dass alles hübsch in Ordnung ist.

Epichodow mit heiserer Stimme: Sie können ganz unbesorgt sein, Jermolaj Alexe-itsch.

Lopachin: Wovon bist du so heiser?

Epichodow: Ich hab' eben Wasser getrunken, da hab' ich mich verschluckt.

Jascha verächtlich. So ein Esel!

Ljubow Andrejewna: Hier bleibt nun, wenn wir weg sind, nicht eine lebendige Seele …

Lopachin: Ja, bis zum Frühjahr …

Warja zieht aus einem Bündel einen Schirm hervor, es sieht aus, als wolle sie zum Schlag ausholen; Lopachin stellt sich erschrocken: Nicht doch, was ist Ihnen denn? Ich hatte nichts Arges im Sinn.

Trofimow: Herrschaften, rasch einsteigen! Wir verpassen sonst den Zug.

Warja: Hier sind Ihre Gummischuhe, Petja da, neben dem Koffer. – Unter Tränen. – Was für schmutzige alte Latschen!

Trofimow zieht die Gummischuhe an: Gehen wir, Herrschaften!

Gajew in heftiger Rührung, hält mit Mühe die Tränen zurück: Der Zug … die Station … Den Roten in die Mitte, den Weißen mit einem Dublee in die Ecke …

Ljubow Andrejewna: Gehen wir!

Lopachin: Sind alle da? Ist niemand mehr im Haus? Verschließt die Seitentür links. Hier sind die Sachen, es muss abgeschlossen werden. Gehen wir!

Anja: Leb' wohl, liebes Haus! Leb' wohl, altes Leben!

Trofimow: Willkommen, neues Leben! – Ab mit Anja. Warja lässt ihren Blick durch das Zimmer schweifen und geht langsam ab. Hinter ihr her Jascha und Scharlotta mit ihrem Hündchen. –

Lopachin: Also bis zum Frühjahr, Herrschaften, auf Wiedersehen! … – Ljubow Andrejewna und Gajew sind allein geblieben. Sie scheinen auf diesen Augenblick nur gewartet zu haben, fallen einander um den Hals und schluchzen leise, verhalten, um draußen nicht gehört zu werden. –

Gajew verzweifelt: Schwester! Liebe Schwester!

Ljubow Andrejewna: O du mein lieber, schöner, herziger Garten! … Mein Leben, meine Jugend, mein Glück, lebt wohl … Lebt wohl!

Anjas Stimme heiter, lockend: Mama! …

Trofimows Stimme heiter, gut gelaunt: A–uh!

Ljubow Andrejewna: Noch ein letzter Blick auf die Wände, die Fenster … Wie unsere selige Mutter dieses Zimmer liebte!

Gajew: Schwester, meine liebe Schwester!

Anjas Stimme: Mama! ...

Trofimows Stimme: A–uh! ...

Ljubow Andrejewna: Wir kommen! – Beide ab. Die Bühne ist leer. Man hört, wie alle Türen abgeschlossen werden, und wie die Wagen dann abfahren. Es wird still, nur das dumpfe, einförmige traurig aufschlagende Hallen der Axt auf die Baumstämme lässt sich in dem Schweigen vernehmen. Plötzlich hört man Schritte. In der Tür rechts erscheint Firs. Er trägt, wie immer, Jackett und weiße Weste; seine Füße stecken in Pantoffeln, er ist krank. –

Firs geht zur Ausgangstür und hebt die Klinke an: Zugeschlossen! Sie sind weggefahren … – Setzt sich auf den Diwan. – Mich haben sie vergessen … Tut nichts, ich bleib' hier sitzen … Leonid Andreïtsch ist sicher wieder im Paletot gefahren, statt den Pelz zu nehmen. – Stößt einen sorgenvollen Seufzer aus. – Diese jungen Leute, wenn ich nicht nach dem Rechten sehe! – Murmelt etwas Unverständliches vor sich hin. – Das Leben ist nun hin … als ob man gar nicht gelebt hätte! – Legt sich hin. – Will mich ein Weilchen hinlegen … Es steckt keine Kraft mehr in dir, Alter, nichts mehr los, rein gar nichts … Ach, du … alter Schlappmichel … – Liegt unbeweglich da. Man hört einen fernen, wie vom Himmel kommenden Laut, ersterbend, traurig, an den Ton einer gesprungenen Laute erinnernd. Dann folgt eine tiefe Stille, die nur das Aufschlagen der Axt tief im Garten unterbricht. – Vorhang. –

136

Buchanzeige

Nova Giulianiad
Saitenblätter für die Gitarre und Laute
Herausgegeben von Joerg Sommermeyer
i. V. m. d. Internationalen Gitarristischen Vereinigung
ISSN: 0254-9565
Orlando Syrg, Freiburg i. Brsg., 1983-1988

Josefa Gerhäuser
Leben will ich
Gedichte und Assoziationen
Herausgegeben von JS (Joerg Sommermeyer)
Orlando Syrg Taschenbuch, OrSyTa 12002, Freiburg i. Brsg. 2002

Joerg Sommermeyer
Anton Unbekannt
Pathoaphysischer Antiroman
Tragigroteskenfragment
Herausgegeben von Georg J. Feurig-Sorgenfrei
Orlando Syrg Taschenbuch, 1. Aufl., OrSyTa 12009, Berlin 2009

Joerg K. Sommermeyer (Hg.)
Balleinrubin: Ball, Einstein, Rubiner
Hugo Ball: Tenderenda der Phantast
Carl Einstein: Bebuquin oder die Dilettanten des Wunders
Ludwig Rubiner: Gedichte, Kritiken, Manifeste
Herausg. u. mit einem Nachwort versehen von Joerg K. Sommermeyer
Orlando Syrg Taschenbuch, 1. Aufl., OrSyTa 12017, Berlin 2017

Franz Treller
Nikunthas, König der Miami
Eine Abenteuererzählung aus Nordamerika
Anhang: **Indianer-Gedanken** von Oskar Panizza
und **Die blaue Schlange** von Fritz von Ostini
Vollst. rev. und neu bearb. von Georg J. Feurig-Sorgenfrei
Hrsg. und mit einem Nachw. vers. von Joerg Sommermeyer
Kollektion Abenteuer- & Reiseerzählungen / KAR 1
Orlando Syrg Taschenbuch, 1. Aufl., OrSyTa 22009, Berlin 2010
2. Aufl., OrSyTa 22017, Berlin 2017

Joerg K. Sommermeyer

Vernimm mein Schreien

Pathoaphysischer Antiroman

Tragigroteskenfragment

Herausgegeben von Georg J. Feurig-Sorgenfrei

Orlando Syrg Taschenbuch, 2. durchgesehene, verbesserte und um einen Anhang

erweiterte Auflage von *Anton unbekannt*, OrSyTa 32017, Berlin 2017

3. Auflage, Neufassung, OrSyTa 112018, Berlin 2018

Joerg K. Sommermeyer

Lieblingsmärchen

[Andersen, 1001 Nacht, von Arnim, Bechstein, Brentano, de la Motte Fouqué,
Brüder Grimm, Hauff, Hebel, Hoffmann, Hofmannsthal, Keller, Mörike,
von Sternberg, Stevenson, JS, Storm]

Ausgewählt, zusammengestellt, durchgesehen und revidiert,

herausgegeben und mit einem Nachwort versehen

von Joerg K. Sommermeyer

Kollektion Abenteuer- & Reiseerzählungen / KAR 2

Orlando Syrg Taschenbuch, 1. Aufl., OrSyTa 42017, Berlin 2017

2. erweiterte Auflage, OrSyTa 22018, Berlin 2018

Joerg K. Sommermeyer (Hg.)

Franz Kafkas Romane

Der Verschollene (Amerika), Der Prozess, Das Schloss

Durchgesehen, revidiert und herausgegeben

von Joerg K. Sommermeyer

Reihe alte Tradition Azurcelesteblueoscuro / RAT ACBO 1

Exemplarische Werke der Weltliteratur

Orlando Syrg Taschenbuch, 1. Aufl., OrSyTa 52017, Berlin 2017

Joerg K. Sommermeyer (Hg.)

Franz Kafkas Erzählungen

Durchgesehen, revidiert und und mit einem Nachwort herausgegeben

von Joerg K. Sommermeyer

Reihe alte Tradition Azurcelesteblueoscuro / RAT ACBO 2

Exemplarische Werke der Weltliteratur

Orlando Syrg Taschenbuch, 1. Aufl., OrSyTa 12018, Berlin 2018

Joerg K. Sommermeyer (Hg.)
Heinrich von Kleists Erzählungen, Anekdoten und Essays
Durchgesehen, revidiert und mit einem biographischen Abriss
herausgegeben von Joerg K. Sommermeyer
Reihe alte Tradition Azurcelesteblueoscuro / RAT ACBO 3
Exemplarische Werke der Weltliteratur
Orlando Syrg Taschenbuch, 1. Aufl., OrSyTa 32018, Berlin 2018

Joerg K. Sommermeyer (Hg.)
Christian Morgensterns Galgenlieder und Palmström
Durchgesehen, revidiert und mit einem biographischen Abriss
herausgegeben von Joerg K. Sommermeyer
Reihe alte Tradition Azurcelesteblueoscuro / RAT ACBO 4
Exemplarische Werke der Weltliteratur
Orlando Syrg Taschenbuch, 1. Aufl., OrSyTa 42018, Berlin 2018

Joerg K. Sommermeyer (Hg.)
Robert Müllers Tropen
Der Mythos der Reise
Urkunden eines deutschen Ingenieurs
Durchgesehen und revidiert, herausgegeben
und mit einem Nachwort versehen
von Joerg K. Sommermeyer
Kollektion Abenteuer- & Reiseerzählungen / KAR 3
Orlando Syrg Taschenbuch, 1. Aufl., OrSyTa 52018, Berlin 2018

Joerg K. Sommermeyer (Hg.)
Taugenichts et cetera
Eichendorff, Chamisso, Büchner
Aus dem Leben eines Taugenichts
Peter Schlemihls wundersame Geschichte
Lenz
Durchgesehen, revidiert und mit einem Nachwort
herausgegeben von Joerg K. Sommermeyer
Reihe alte Tradition Azurcelesteblueoscuro / RAT ACBO 5
Exemplarische Werke der Weltliteratur
Orlando Syrg Taschenbuch, 1. Aufl., OrSyTa 62018, Berlin 2018

Joerg K. Sommermeyer (Hg.)
Künstlerbetrachtungen
Diderot, Wackenroder, Hoffmann
Rameaus Neffe, Joseph Berglinger, Johannes Kreisler, Kater Murr
Durchgesehen, revidiert und mit einem Nachwort
herausgegeben von Joerg K. Sommermeyer
Reihe alte Tradition Azurcelesteblueoscuro / RAT ACBO 6
Exemplarische Werke der Weltliteratur
Orlando Syrg Taschenbuch, 1. Aufl., OrSyTa 72018, Berlin 2018

Joerg K. Sommermeyer (Hg.)
Rainer Maria Rilkes Gedichte
Stunden-Buch, Buch der Bilder, Neue Gedichte, Der neuen Gedichte anderer Teil,
Requiem, Das Marien-Leben, Duineser Elegien, Die Sonette an Orpheus
Durchgesehen, revidiert und mit einem Nachwort
herausgegeben von Joerg K. Sommermeyer
Reihe alte Tradition Azurcelesteblueoscuro / RAT ACBO 7
Exemplarische Werke der Weltliteratur
Orlando Syrg Taschenbuch, 1. Aufl., OrSyTa 92018, Berlin 2018

Joerg K. Sommermeyer (Hg.)
Rainer Maria Rilkes Prosa
Dichtungen in Prosa, Die Weise von Liebe und Tod des Cornets Christoph Rilke,
Die Aufzeichnungen des Malte Laurids Brigge, Erzählungen und Skizzen,
Geschichten vom lieben Gott, Auguste Rodin, Aufsätze und Besprechungen
Durchgesehen, revidiert und mit einem Nachwort
herausgegeben von Joerg K. Sommermeyer
Reihe alte Tradition Azurcelesteblueoscuro / RAT ACBO 8
Exemplarische Werke der Weltliteratur
Orlando Syrg Taschenbuch, 1. Aufl., OrSyTa 102018, Berlin 2018

Joerg K. Sommermeyer (Hg.)
Drei alte Erzählungen
Die Judenbuche (Droste-Hülshoff), Die schwarze Spinne (Gotthelf),
Krambambuli (Ebner-Eschenbach)
Durchgesehen, revidiert und mit einem Nachwort
herausgegeben von Joerg K. Sommermeyer
Reihe alte Tradition Azurcelesteblueoscuro / RAT ACBO 9
Exemplarische Werke der Weltliteratur
Orlando Syrg Taschenbuch, 1. Aufl., OrSyTa 122018, Berlin 2018

Joerg K. Sommermeyer (Hg.)

James Fenimore Coopers The Last of the Mohicans
Der letzte Mohikaner
A Narrative of 1757 / Eine Erzählung aus dem Jahre 1757
Deutsch nach der Übersetzung von J. F. L. Tafel,
revidiert und neu bearbeitet von Georg J. Feurig-Sorgenfrei
Herausgegeben und mit einem Nachwort versehen
von Joerg K. Sommermeyer
Kollektion Abenteuer- & Reiseerzählungen / KAR 4
Orlando Syrg Taschenbuch, 1. Aufl., OrSyTa 132018, Berlin 2018

Joerg K. Sommermeyer (Hg.)

Johann Wolfgang von Goethes
Reineke Fuchs
Durchgesehen, revidiert und mit einem Nachwort
herausgegeben von Joerg K. Sommermeyer
Reihe alte Tradition Azurcelesteblueoscuro / RAT ACBO 10
Exemplarische Werke der Weltliteratur
Orlando Syrg Taschenbuch, 1. Aufl., OrSyTa 142018, Berlin 2018

Joerg K. Sommermeyer (Hg.)

Heinrich Heines Romanzero nebst Lieblingsballaden
von Goethe, Schiller und anderen
Ausgewählt, durchgesehen, revidiert und mit einem Nachwort
herausgegeben von Joerg K. Sommermeyer
Reihe alte Tradition Azurcelesteblueoscuro / RAT ACBO 11
Exemplarische Werke der Weltliteratur
Orlando Syrg Taschenbuch, 1. Aufl., OrSyTa 152018, Berlin 2018

Joerg K. Sommermeyer (Hg.)

Eduard von Keyserlings Prosa
Ausgewählte Werke I
Beate und Mareile, Schwüle Tage, Dumala, Wellen, Abendliche Häuser
Durchgesehen, revidiert und mit einem biographischen Abriss
herausgegeben von Joerg K. Sommermeyer
Reihe alte Tradition Azurcelesteblueoscuro / RAT ACBO 12
Exemplarische Werke der Weltliteratur
Orlando Syrg Taschenbuch, 1. Aufl., OrSyTa 162018, Berlin 2018

Joerg K. Sommermeyer (Hg.)

August Stramms Gedichte

Du. Liebesgedichte; Die Menschheit; Weltwehe;
Tropfblut. Gedichte aus dem Krieg

Durchgesehen, revidiert und mit einem biographischen Abriss
herausgegeben von Joerg K. Sommermeyer
Reihe alte Tradition Azurcelesteblueoscuro / RAT ACBO 13
Exemplarische Werke der Weltliteratur
Crlando Syrg Taschenbuch, 1. Aufl., OrSyTa 172018, Berlin 2018

Joerg K. Sommermeyer (Hg.)

Joseph Conrads Heart of Darkness
Herz der Finsternis

Englisch und Deutsch

Deutsch nach der Übersetzung von Ernst Wolfgang Freißler,
revidiert und neu bearbeitet von Georg J. Feurig-Sorgenfrei
Herausgegeben und mit einem Nachwort versehen von Joerg K. Sommermeyer
Kollektion Abenteuer- & Reiseerzählungen / KAR 5
Crlando Syrg Taschenbuch, 1. Aufl., OrSyTa 182018, Berlin 2018

Joerg K. Sommermeyer (Hg.)

Münchhausen und Lukian

Bürgers Münchhausen und Lukians Bericht
phantastischer Begebenheiten
Durchgesehen, revidiert, neu bearbeitet
(Lukian basierend auf der Übersetzung von August Friedrich Pauly),
herausgegeben und mit einem Nachwort versehen,
von Joerg K. Sommermeyer
Kollektion Abenteuer- & Reiseerzählungen / KAR 6
Crlando Syrg Taschenbuch, 1. Aufl., OrSyTa 192018, Berlin 2018

Joerg K. Sommermeyer (Hg.)

Johann Wolfgang von Goethes Prosa
Ausgewählte Werke I

Die Leiden des jungen Werther, Briefe aus der Schweiz,
Die Wahlverwandtschaften, Novelle

Durchgesehen, revidiert und mit einem Nachwort
herausgegeben von Joerg K. Sommermeyer
Reihe alte Tradition Azurcelesteblueoscuro / RAT ACBO 14
Exemplarische Werke der Weltliteratur
Orlando Syrg Taschenbuch, 1. Aufl., OrSyTa 12019, Berlin 2019

Joerg K. Sommermeyer (Hg.)

**Johann Wolfgang von Goethes Prosa
Ausgewählte Werke II**

Wilhelm Meisters Lehrjahre

Durchgesehen, revidiert und herausgegeben
von Joerg K. Sommermeyer
Reihe alte Tradition Azurcelesteblueoscuro / RAT ACBO 15
Exemplarische Werke der Weltliteratur
Orlando Syrg Taschenbuch, 1. Aufl., OrSyTa 22019, Berlin 2019

Joerg K. Sommermeyer (Hg.)

**Johann Wolfgang von Goethes Prosa
Ausgewählte Werke III**

*Unterhaltungen deutscher Ausgewanderten,
Wilhelm Meisters Wanderjahre*

Durchgesehen, revidiert und herausgegeben
von Joerg K. Sommermeyer
Reihe alte Tradition Azurcelesteblueoscuro / RAT ACBO 16
Exemplarische Werke der Weltliteratur
Orlando Syrg Taschenbuch, 1. Aufl., OrSyTa 32019, Berlin 2019

Joerg K. Sommermeyer (Hg.)

**Johann Wolfgang von Goethes Prosa
Ausgewählte Werke IV**

*Dichtung und Wahrheit,
Belagerung von Mainz*

Durchgesehen, revidiert und herausgegeben
von Joerg K. Sommermeyer
Reihe alte Tradition Azurcelesteblueoscuro / RAT ACBO 17
Exemplarische Werke der Weltliteratur
Orlando Syrg Taschenbuch, 1. Aufl., OrSyTa 42019, Berlin 2019

Joerg K. Sommermeyer (Hg.)

**August Klingemanns Nachtwachen
von Bonaventura**

Durchgesehen, revidiert und herausgegeben
von Joerg K. Sommermeyer
Reihe alte Tradition Azurcelesteblueoscuro / RAT ACBO 18
Orlando Syrg Taschenbuch, 1. Aufl., OrSyTa 52019, Berlin 2019

Joerg K. Sommermeyer (Hg.)
Gustav Sacks Romane
Ein verbummelter Student, Paralyse, Ein Namenloser
Durchgesehen, revidiert und mit einem Nachwort
herausgegeben von Joerg K. Sommermeyer
Reihe alte Tradition Azurcelesteblueoscuro / RAT ACBO 19
Orlando Syrg Taschenbuch, 1. Aufl., OrSyTa 62019, Berlin 2019

Joerg K. Sommermeyer
Vernimm mein Schreien
Pathoaphysischer Antiroman
Tragigroteskenfragment
Herausgegeben von Georg J. Feurig-Sorgenfrei
Jubiläumsausgabe / Hardcover
[3. durchgesehene, verbesserte und um einen Anhang
erweiterte Auflage von *Anton unbekannt*]
OrSyTa 72019, Berlin 2019

Joerg K. Sommermeyer (Hg.)
Friedrich Schillers Prosa
Ausgewählte Werke I
Eine großmütige Handlung, Der Geisterseher,
Der Verbrecher aus verlorener Ehre, Spiel des Schicksals und anderes
Durchgesehen, revidiert und mit einem Nachwort
herausgegeben von Joerg K. Sommermeyer
Reihe alte Tradition Azurcelesteblueoscuro / RAT ACBO 20
Exemplarische Werke der Weltliteratur
Orlando Syrg Taschenbuch, 1. Aufl., OrSyTa 82019, Berlin 2019

Joerg K. Sommermeyer (Hg.)
Johann Karl Wezels Satiren
Kakerlak oder die Geschichte eines Rosenkreuzers,
Satirische Erzählungen
Durchgesehen, revidiert und herausgegeben
von Joerg K. Sommermeyer
Reihe alte Tradition Azurcelesteblueoscuro / RAT ACBO 21
Orlando Syrg Taschenbuch, 1. Aufl., OrSyTa 92019, Berlin 2019

Joerg K. Sommermeyer (Hg.)

Heinrich Heines Versepen, Erzählprosa und Memoiren
Ausgewählte Werke I

Atta Troll, Deutschland. Ein Wintermärchen, Aus den Memoiren des Herren von Schnabelewopski,
Florentinische Nächte, Der Rabbi von Bacherach, Geständnisse, Memoiren

Durchgesehen, revidiert und mit einem Nachwort
herausgegeben von Joerg K. Sommermeyer
Reihe alte Tradition Azurcelesteblueoscuro / RAT ACBO 22
Exemplarische Werke der Weltliteratur
Orlando Syrg Taschenbuch, 1. Aufl., OrSyTa 102019, Berlin 2019

Joerg K. Sommermeyer (Hg.)

Heinrich Heines Reisebilder
Ausgewählte Werke II

Briefe aus Berlin, Über Polen, Reisebilder I-IV

Durchgesehen, revidiert und mit einem biographischen Abriss
herausgegeben von Joerg K. Sommermeyer
Reihe alte Tradition Azurcelesteblueoscuro / RAT ACBO 23
Exemplarische Werke der Weltliteratur
Orlando Syrg Taschenbuch, 1. Aufl., OrSyTa 112019, Berlin 2019

Joerg K. Sommermeyer (Hg.)

Heinrich Heines Gedichte
Ausgewählte Werke III

Buch der Lieder, Neue Gedichte,
Aus den Jahren 1853 und 1854, Sonstiges / Posthum

Durchgesehen, revidiert und mit einem Biographischen Abriss
herausgegeben von Joerg K. Sommermeyer
Reihe alte Tradition Azurcelesteblueoscuro / RAT ACBO 24
Exemplarische Werke der Weltliteratur
Orlando Syrg Taschenbuch, 1. Aufl., OrSyTa 122019, Berlin 2019

Joerg K. Sommermeyer (Hg.)

Heinrich Heines Über Deutschland, Essays und Pamphlete
Ausgewählte Werke IV

Die romantische Schule, Zur Geschichte der Religion und Philosophie in Deutschland,
Elementargeister, Die Götter im Exil, Schwabenspiegel, Ludwig Börne

Durchgesehen, revidiert und mit einem Biographischen Abriss
herausgegeben von Joerg K. Sommermeyer
Reihe alte Tradition Azurcelesteblueoscuro / RAT ACBO 25
Exemplarische Werke der Weltliteratur
Orlando Syrg Taschenbuch, 1. Aufl., OrSyTa 132019, Berlin 2019

Joerg K. Sommermeyer (Hg.)

Heinrich Heines Essays über Frankreich
Ausgewählte Werke V

Französische Maler, Französische Zustände,
Über die Französische Bühne, Lutetia,
Durchgesehen, revidiert und mit einem Biographischen Abriss
herausgegeben von Joerg K. Sommermeyer
Reihe alte Tradition Azurcelesteblueoscuro / RAT ACBO 26
Exemplarische Werke der Weltliteratur
Orlando Syrg Taschenbuch, 1. Aufl., OrSyTa 142019, Berlin 2019

Joerg K. Sommermeyer (Hg.)

Johann Wolfgang von Goethes
West-östlicher Divan, Hermann und Dorothea
Ausgewählte Werke V

Durchgesehen, revidiert und herausgegeben
von Joerg K. Sommermeyer
Reihe alte Tradition Azurcelesteblueoscuro / RAT ACBO 27
Exemplarische Werke der Weltliteratur
Orlando Syrg Taschenbuch, 1. Aufl., OrSyTa 152019, Berlin 2019

Joerg K. Sommermeyer (Hg.)

Gottfried Kellers Prosa
Ausgewählte Werke I

Die Leute von Seldwyla, Sieben Legenden
Durchgesehen, revidiert und mit einem Biographischen Abriss
herausgegeben von Joerg K. Sommermeyer
Reihe alte Tradition Azurcelesteblueoscuro / RAT ACBO 28
Exemplarische Werke der Weltliteratur
Orlando Syrg Taschenbuch, 1. Aufl., OrSyTa 162019, Berlin 2019

Joerg K. Sommermeyer (Hg.)

Gottfried Kellers Prosa
Ausgewählte Werke II

Züricher Novellen, Das Sinngedicht
Durchgesehen, revidiert und mit einem Biographischen Abriss
herausgegeben von Joerg K. Sommermeyer
Reihe alte Tradition Azurcelesteblueoscuro / RAT ACBO 29
Exemplarische Werke der Weltliteratur
Orlando Syrg Taschenbuch, 1. Aufl., OrSyTa 172019, Berlin 2019

Joerg K. Sommermeyer (Hg.)
Gottfried Kellers Prosa
Ausgewählte Werke III
Der grüne Heinrich, Zwölf Gedichte, Autobiographisches
Durchgesehen, revidiert und mit einem Nachwort
herausgegeben von Joerg K. Sommermeyer
Reihe alte Tradition Azurcelesteblueoscuro / RAT ACBO 30
Exemplarische Werke der Weltliteratur
Orlando Syrg Taschenbuch, 1. Aufl., OrSyTa 182019, Berlin 2019

Joerg K. Sommermeyer (Hg.)
Friedrich Schillers Gedichte
Ausgewählte Werke II
Durchgesehen, revidiert und herausgegeben
von Joerg K. Sommermeyer
Reihe alte Tradition Azurcelesteblueoscuro / RAT ACBO 31
Exemplarische Werke der Weltliteratur
Orlando Syrg Taschenbuch, 1. Aufl., OrSyTa 192019, Berlin 2019

Joerg K. Sommermeyer (Hg.)
Johann Wolfgang von Goethes Gedichte
Ausgewählte Werke VI
Durchgesehen, revidiert und herausgegeben
von Joerg K. Sommermeyer
Reihe alte Tradition Azurcelesteblueoscuro / RAT ACBO 32
Exemplarische Werke der Weltliteratur
Orlando Syrg Taschenbuch, 1. Aufl., OrSyTa 202019, Berlin 2019

Joerg K. Sommermeyer (Hg.)
Charles Sealsfields Das Kajütenbuch
oder Nationale Charakteristiken
Die Prärie am Jacinto, Der Kapitän
Durchgesehen, revidiert, herausgegeben
und mit einem Nachwort versehen
von Joerg K. Sommermeyer
Kollektion Abenteuer- & Reiseerzählungen / KAR 7
Orlando Syrg Taschenbuch, 1. Aufl., OrSyTa 212019, Berlin und Lahnstein 2019

Joerg K. Sommermeyer (Hg.)

Paul Heyses Meisternovellen und Autobiographisches

L'Arrabbiata, Andrea Delfin, Die Einsamen, Der letzte Zentaur,
Jugenderinnerungen und Bekenntnisse

Durchgesehen, revidiert, mit Anmerkungen herausgegeben
von Joerg K. Sommermeyer
Reihe alte Tradition Azurcelesteblueoscuro / RAT ACBO 33
Exemplarische Werke der Weltliteratur
Orlando Syrg Taschenbuch, 1. Aufl., OrSyTa 12020, Berlin und Lahnstein 2020

Joerg K. Sommermeyer (Hg.)

Karl Mays Ardistan und Dschinnistan I

Ardistan

Revidiert, herausgegeben und mit einem Nachwort versehen
von Joerg K. Sommermeyer
Kollektion Abenteuer- & Reiseerzählungen / KAR 8
Orlando Syrg Taschenbuch, 1. Aufl., OrSyTa 22020, Berlin und Lahnstein 2020

Joerg K. Sommermeyer (Hg.)

Karl Mays Ardistan und Dschinnistan II

Der Mir von Dschinnistan,
Das Märchen von Sitara, Meine Werke, Merhameh

Revidiert, herausgegeben und mit einem Nachwort versehen
von Joerg K. Sommermeyer
Kollektion Abenteuer- & Reiseerzählungen / KAR 9
Orlando Syrg Taschenbuch, 1. Aufl., OrSyTa 32020, Berlin und Lahnstein 2020

Joerg K. Sommermeyer (Hg.)

Anton Tschechows Ausgewählte Prosa I

Ein Zweikampf, Der Taugenichts, Die Dame mit dem Spitz,
Eine Bagatelle, Der Kuss, Gram, Schatten des Todes
und dreizehn weitere Meistererzählungen

Durchgesehen, revidiert und herausgegeben
von Joerg K. Sommermeyer
Reihe alte Tradition Azurcelesteblueoscuro / RAT ACBO 34
Exemplarische Werke der Weltliteratur
Orlando Syrg Taschenbuch, 1. Aufl., OrSyTa 12021, Berlin und Lahnstein 2021

Joerg K. Sommermeyer (Hg.)

Adalbert Stifters Ausgewählte Prosa I

Waldwanderung, Der sanftmütige Obrist, Margarita, Abdias,
Kalkstein, Bergkristall, Katzensilber

Durchgesehen, revidiert und herausgegeben
von Joerg K. Sommermeyer
Reihe alte Tradition Azurcelesteblueoscuro / RAT ACBO 35
Exemplarische Werke der Weltliteratur
Orlando Syrg Taschenbuch, 1. Aufl., OrSyTa 12023, Berlin und Lahnstein 2023

Joerg K. Sommermeyer (Hg.)

William Shakespeares Sonnets / Sonette

Englisch und Deutsch

Übersetzungen von Gottlob Regis, Stefan George, Karl Kraus

Durchgesehen, revidiert und herausgegeben
von Joerg K. Sommermeyer
Reihe alte Tradition Azurcelesteblueoscuro / RAT ACBO 36
Exemplarische Werke der Weltliteratur
Orlando Syrg Taschenbuch, 1. Aufl., OrSyTa 22023, Berlin und Lahnstein 2023

Joerg K. Sommermeyer (Hg.)

Friedrich Hölderlins Lyrik

Ausgewählte Gedichte

Ausgewählt, durchgesehen, revidiert und mit
einem Biographischen Abriss herausgegeben
von Joerg K. Sommermeyer
Reihe alte Tradition Azurcelesteblueoscuro / RAT ACBO 37
Exemplarische Werke der Weltliteratur
Orlando Syrg Taschenbuch, 1. Aufl., OrSyTa 32023, Berlin und Lahnstein 2023

Joerg K. Sommermeyer (Hg.)

Friedrich Hölderlins Prosa

Hyperion und Theoretisches

Ausgewählt, durchgesehen, revidiert und mit
einem Biographischen Abriss herausgegeben
von Joerg K. Sommermeyer
Reihe alte Tradition Azurcelesteblueoscuro / RAT ACBO 38
Exemplarische Werke der Weltliteratur
Orlando Syrg Taschenbuch, 1. Aufl., OrSyTa 42023, Berlin und Lahnstein 2023

Joerg K. Sommermeyer (Hg.)

François Rabelais' Gargantua und Pantagruel I

Erstes und Zweites Buch
Vollständige Ausgabe in drei Bänden
Deutsch nach der Übersetzung von Johann Gottlob Regis,
durchgesehen, revidiert, mit Anmerkungen
und einem Nachwort herausgegeben
von Joerg K. Sommermeyer
Reihe alte Tradition Azurcelesteblueoscuro / RAT ACBO 39
Exemplarische Werke der Weltliteratur
Orlando Syrg Taschenbuch, 1. Aufl., OrSyTa 52023, Berlin und Lahnstein 2023

Joerg K. Sommermeyer (Hg.)

François Rabelais' Gargantua und Pantagruel II

Drittes und Viertes Buch
Vollständige Ausgabe in drei Bänden
Deutsch nach der Übersetzung von Johann Gottlob Regis,
durchgesehen, revidiert, mit Anmerkungen
und einem Nachwort herausgegeben
von Joerg K. Sommermeyer
Reihe alte Tradition Azurcelesteblueoscuro / RAT ACBO 40
Exemplarische Werke der Weltliteratur
Orlando Syrg Taschenbuch, 1. Aufl., OrSyTa 62023, Berlin und Lahnstein 2023

[Ankündigung, erscheint demnächst:]

Joerg K. Sommermeyer (Hg.)

François Rabelais' Gargantua und Pantagruel III

Fünftes Buch, Prognostiken-Büchlein,
Geschichtsklitterung Fischarts
Vollständige Ausgabe in drei Bänden
Deutsch nach der Übersetzung von Johann Gottlob Regis,
durchgesehen, revidiert, mit Anmerkungen
und einem Nachwort herausgegeben
von Joerg K. Sommermeyer
Reihe alte Tradition Azurcelesteblueoscuro / RAT ACBO 41
Exemplarische Werke der Weltliteratur
Orlando Syrg Taschenbuch, 1. Aufl., OrSyTa 72023, Berlin und Lahnstein 2023

Joerg K. Sommermeyer
Dem Affen in die Seele gepisst
Selam Istanbul, Kanarische Inseln, Die Morena, Küss' mich, Sisyphus
Kollektion Abenteuer- & Reiseerzählungen / KAR 10
Orlando Syrg Taschenbuch, 1. Aufl., OrSyTa 82023, Berlin und Lahnstein 2023

Joerg K. Sommermeyer (Hg.)
Anton Tschechows Ausgewählte Prosa II
Zwei Schauspiele: Die Möwe, Onkel Wanja
Durchgesehen, revidiert und herausgegeben
von Joerg K. Sommermeyer
Reihe alte Tradition Azurcelesteblueoscuro / RAT ACBO 42
Exemplarische Werke der Weltliteratur
Orlando Syrg Taschenbuch, 1. Aufl., OrSyTa 92023, Berlin und Lahnstein 2023